-1 30

D1701483

Frank Schroeder
Tod im Weinkeller

FRANK SCHROEDER

Tod im Weinkeller

ERZÄHLUNGEN

Treibgut Verlag

Umschlagbild: Weinkeller © Weingut Schales

ISBN 978-3-941175-35-8

Impressum

1. Auflage 2011
© 2011 by Treibgut Verlag
Alle Rechte vorbehalten
Umschlaggestaltung, Layout und Satz: Frank Schroeder, Berlin
Druck und Bindung: SOWA

Treibgut Verlag
Rübländerstraße 12 / 13125 Berlin
www.treibgut-verlag.de

Inhalt

Die Weinkönigin von Forêt Escarpé   7

Traminer Spätlese   21

Alter Knabe   35

Irisches Nachtstück   47

Messwein   63

Tod im Weinkeller   81

Die Weinkönigin von Forêt Escarpé

Am Freitag vergangener Woche schienen die Glocken der Friedhofskapelle von Forêt Escarpé besonders traurig zu läuten. Für Pater Gabriel, der ein paar Worte der Trauer über das Ableben der Anna Fournés sprach, war es freilich kein ungewöhnlicher Anblick, dass sich die Schar der Trauergäste in Grenzen hielt — oft genug stand er ganz allein an den ausgehobenen Erdlöchern und musste für die Abschiedsworte, die er den Dahingeschiedenen auf ihre letzte Reise nach oben, nach unten oder nach nirgendwo zugedachte, nicht einmal die Stimme erheben, weil eben niemand dem Verscharren der Verstorbenen beiwohnen wollte. So genügte oft ein stilles Gebet, ein Nicken zu den zwei muskelbepackten Studenten, die sich mit dem Ausheben und späteren Zuschippen der Gräber ein paar Scheine verdienten, und Schluss.

Auch dieses Mal hatte es zu Beginn der Zeremonie so ausgesehen, doch dann waren, quasi in letzter Minute, zwei Frauen am offenen Grab erschienen, die erste mit einem entsetzlich vernarbten Gesicht, die andere wesentlich älter, sie musste sich bereits eines Gehstocks bedienen.

Pater Gabriel grübelte noch das ganze folgende Wochenende, warum ihm ausgerechnet diese Beerdigung so sonderbar vorgekommen war. Dann wusste er es plötzlich in Worte zu fassen: Beide Frauen schienen sich nicht zu kennen, jedenfalls hatten sie kein einziges Wort miteinander gesprochen. Aber als noch merkwürdiger war Pater Gabriel der zornige Gesichtsausdruck in Erinnerung, mit dem die vernarbte Frau ihren Strauß gelber Narzissen in das offene Grab geschleudert hatte. Ja, geschleudert, mit Zorn im Blick.

Und er ahnte plötzlich auch, was diese Wut hervorgerufen haben könnte. Es musste die Inschrift auf dem Grabstein gewesen sein, der bereits unmittelbar neben dem Haufen ausgeworfener Erde bereit stand: Anna Fournés, 1938 – 1997, und darunter, in kunstvoll geschwungenen Buchstaben: Weinkönigin von Forêt Escarpé.

In der Gegend rund um jenes Dörfchen wurden seit Jahrhunderten geringfügig erhöhte Temperaturen gemessen, die Sonne schien länger, der trockene Schieferboden hatte sich als ideal für den Anbau intensiver, würziger Muskatweine herausgestellt.

Winzer gaben über Generationen hinweg ihre Weinberge in die Hände der Erstgeborenen, die Familientradition galt als nahezu heilig. Und als ebensolche unabdingbare Tradition sahen die Winzer auch die Wahl einer Weinkönigin an – jedoch nicht, wie in anderen Weinregionen im Jahresrhythmus, sondern nur ein einziges Mal alle zehn Jahre.

Als die schönen Schwestern Anna und Madelaine Fournés den Kinderschuhen entwachsen waren, war es genau genommen nur eine Frage der Zeit, dass die Winzer von Forêt Escarpé bei einem Glas edlen Muskatweins, spät gelesen, trocken ausgebaut, auf den Gedanken kamen, Madelaine, die als die noch schönere der schönen Schwestern galt, beim kommenden Herbstfest zur Weinkönigin zu krönen.

Natürlich frei gewählt zwischen mehreren bildschönen, jungen Frauen, aber welche Wahl war in den vergangenen Jahrzehnten schon frei und unabhängig über die Weinbühne gegangen?

Madelaine sollte es werden, das galt als abgemacht, noch dazu, da auch der junge Bürgermeister, Daniel Perchard, den Plan mit amourösen Hintergedanken unterstützte.

Niemand vermag mehr zu sagen, wie die Nachricht aus der vertrauten Runde der Winzer schließlich die Ohren der Fournés-Schwestern erreichte. Aber der Jubel war unbeschreiblich. Madelaine sprang juchzend durch das Haus, die Eltern blickten stolz und gefasst, Anna umarmte ihre ältere Schwester und lachte sie mit großen Augen an. Als dann noch Bürgermeister Perchard im Winzerhof vorsprach und sein eheliches Interesse an der künftigen Weinkönigin bekundete, schien das Glück vollkommen. Ein Weinbauer aus der Nachbarschaft wurde herbei gerufen, um die Protagonisten dieses überglücklichen Tags fotografisch festzuhalten, und Papa Fournés war es, der höchstselbst die Anweisung für das Foto gab: Sonne lacht – Blende acht.

Fortan herrschte höchste Betriebsamkeit auf dem Weingut: Eine Schneidermeisterin aus der nahen Stadt fuhr vor, um an der jungen Braut gleich für zwei Festkleider Maß zu nehmen – ein schlohweißes Hochzeitskleid und ein Gewand für die Krönung zur Weinkönigin. Die Eltern der Verlobten trafen sich mehrmals, um Details für die Hochzeit und die Mitgift auszuhandeln.

Und an so manchem späten Abend, im ungewissen Zwischenreich von Tag und Nacht,

kam es wohl zu manch heimlichem Stell-
dichein zwischen Bürgermeister und Winzer-
tochter. Wer seine Ohren spitzte und in die
Nebel hinauslauschte, die die schon reifen
Muskattrauben umschmeichelten, konnte das
schmatzende Geräusch heißer Küsse ahnen
und manches nur mühsam unterdrückte Lachen, dass unweigerlich der Kehle entweicht,
zwickt man eine junge Frau überraschend an
dieser oder jener Stelle ihres wunderbaren
Körpers.

Die Schönheit der Madelaine Fournés war
selbstredend auf natürliche Veranlagung
zurückzuführen. Aber was hilft alle vererbte
Schönheit, wird sie nicht sorgsam gepflegt und
hervorgehoben durch allerlei Mittelchen,
durch achtsame Ernährung, sparsamen Umgang mit Alkohol, ausreichend Schlaf vor Mitternacht und diverse Cremes.

Madelaine ließ ihre Creme seit Jahren von
einem gefragten Drogisten in der Stadt an-
rühren, jeden Abend und jeden Morgen fuhr
sie mit Zeige- und Mittelfinger der rechten
Hand in das bereitstehende Glas, um sich eine
größere Portion der sahnig-milchigen Creme
auf Gesicht und Hals zu verteilen, getreu dem
Ausspruch ihrer Großmama, Gott hab sie
selig: „Viel hilft viel."

Der Tag des großen Weinfestes rückte näher
und näher. In einer Nacht vor jenem denk-

würdigen Tag flüsterten die Schwestern miteinander durch die dünne Holzwand, die ihre Dachzimmer voneinander trennte.

„Bist du glücklich?" fragte Anna durch eines der hohlen Astlöcher, die ein dünnes Rund zum Nachbarzimmer freigaben.

„Oh ja", antwortete Madelaine. „Und ich bin furchtbar aufgeregt. Aber was ist mit dir?"

„Was soll mit mir sein? Ich bin deine kleine Schwester. Ich freue mich mit dir. Und ich bin so stolz auf dich. Bald suche ich mir auch einen Bräutigam, einen, der genauso schön und so elegant ist wie dein Bürgermeister."

„Ja, das ist fein", flüsterte Madelaine zurück, „nur Weinkönigin kannst du dummerweise nicht mehr werden. Denn in zehn Jahren bist du ja schon viel zu alt dafür!"

„Ja", antwortete Anna. Dann schwiegen sie.

Schon am frühen Morgen waren alle Bewohner des Weingutes in den Hängen, um überzählige Trauben und die größten Blätter von den Reben zu schneiden, damit die herbstliche Sonne möglichst ungehindert die Früchte erreichen und sich die mineralischen Spuren aus dem trockenen Boden in der rechten Anzahl von Trauben konzentrieren möge.

Nur Madelaine durfte, in Vorbereitung ihrer zwei großen Tage, im Bett bleiben so lange sie wollte. Am Hang drückte ihr Papa gerade seinen schmerzend krummen Rücken wieder in die senkrechte Position, Anna lachte, die Mutter kam ihr mit einem Picknickkorb entgegen, als sich ein ohrenbetäubendes Schreien vom Weingut her die Steillage hinaufquälte. Madelaine torkelte durch die Rebenreihen, röchelte, versuchte, sich irgendetwas aus dem Gesicht zu wischen, und noch ehe Eltern und Schwester die rasende Madelaine erreichen konnten, fiel sie ohnmächtig zu Boden.

Sie bot einen entsetzlichen Anblick. Große Teile ihres Gesichts lagen roh und zerfressen, ohne Haut, aus aufgeworfenen Bläschen zischte es wie aus isländischen Vulkanen. Zeige- und Mittelfinger der rechten Hand waren bis auf die nackten Knochen weggeätzt. Nach einer halben Stunde fuhr der Krankenwagen vor, der nicht nur die verstümmelte künftige Weinkönigin sondern auch die unter Schock stehenden Eltern und die todesbleiche Anna mit sich nahm, in das Krankenhaus am Rande der Stadt.

„Wir werden alles tun, was in unserer Macht steht, damit sie wenigstens wieder etwas Haut ins Gesicht bekommt", tröstete ein Assistenzarzt den herbeigeeilten Daniel Perchard. „Morgen kommt ein Spezialist, um zu sehen, ob wir ihr nicht Teile der gesunden Rückenhaut verpflanzen können. Aber das wird Monate dauern. Und wer weiß, wie sie danach aussehen wird."

„Und ihre Seele?" fragte Daniel Perchard, „was wird aus ihrer Seele?"

Der Bürgermeister war es auch, der sich auf der örtlichen Polizeidienststelle einfand und Oberkommissar Dubois, mit dem er durch ungezählte weinselige Boule-Nachmittage freundschaftlich verbunden war, davon überzeugte, dass hier unmöglich ein Unfall vorliegen könne. Dubois fuhr noch in derselben Stunde hinauf zum Haus des Winzers, der Bürgermeister und ein Beamter von der Spurensicherung begleiteten ihn. Im oberen Badezimmer fanden sie den offen stehenden Glasbehälter mit der Schönheitscreme, und als Kommissar Dubois die daneben liegende Zahnbürste in die geruchlose Creme tauchte, tat sich zunächst nichts. Doch dann löste die Bürste sich binnen weniger Augenblicke mit Zischen und Sprudeln vollständig auf.

Die Untersuchung im Polizeilabor ergab einen hohen Anteil an Königswasser.

„Königswasser?" fragte Daniel Perchard den Beamten.

„Eine Mischung aus drei Teilen konzentrierter Salzsäure und einem Teil konzentrierter Salpetersäure. Und Königswasser deshalb, weil diese Mischung sogar die königlichen Edelmetalle Gold und Platin aufzulösen vermag.

Das hätte die junge Frau auch umbringen können! Noch dazu, da bis zum Einsetzen der ätzenden Wirkung einige Momente vergehen ..."

Oberkommissar Dubois verhängte nach dieser Enthüllung sogleich eine Informationssperre, er mochte sich die Überschriften der bunten Blätter nicht ausmalen. Und dennoch titelte die örtliche Presse, die offensichtlich über gute Kontakte zum Polizeiapparat verfügte, am folgenden Tag: „Weinkönigin von Königswasser verätzt".

Mit quietschenden Reifen fuhren zwei Polizeiwagen zur Drogerie, in deren Hinterstube die verhängnisvolle Hautcreme zusammengerührt worden war. Der Drogist, ein älterer, fast kahlköpfiger Herr, verfolgte mit ungläubigen Blicken die Durchsuchungsaktion seiner Geschäftsräume, die allerdings erfolglos blieb.

„Was haben Sie denn da alles in die Schönheitscreme für Madelaine Fournés gemischt?" fragte Kommissar Dubois.

„Ich? Nichts!" antwortete er, „mein pharmazeutischer Assistent, der junge Coluche, rührt für gewöhnlich die Creme zusammen. Die Zutaten sind aber vollkommen harmlos! Kamille, Ringelblümchen, Pflanzenöle, Rindertalg, Möhrensaft ..."

„Ist Coluche im Haus?"

„Nein, seit gestern nicht mehr! Er ist auch sicher schon abgereist. Urlaub! In vier Wochen ist er zurück, ganz bestimmt", versicherte der noch immer entsetzte Drogist.

Coluche wurde, obwohl zunächst nur vage Verdachtsmomente vorlagen, zur Fahndung ausgeschrieben. Die Befragung der Mitbewohner in seiner Wohngemeinschaft ergab allerdings, dass er seit langem ein Auge auf die schöne Madelaine Fournés geworfen hatte. Er sei, so versicherten seine Mitbewohner, traurig und deprimiert gewesen, als die Nachricht von der baldigen Hochzeit seiner Angebeteten mit dem Bürgermeister öffentlich geworden war. Und ja, er sei eifersüchtig gewesen. Und er habe verzweifelt ausgerufen: „Wenn ich sie nicht bekomme, dann soll sie keiner haben!"

Aber Coluche war längst abgereist, angeblich nach Norwegen, zum Angeln.

Der Gesundheitszustand Madelaines machte kaum Fortschritte. Sie wurde in ein künstliches Koma versetzt, während ihre Eltern und Anna mit Beruhigungstabletten im Gepäck das Krankenhaus verlassen durften. Perchard brachte sie in seinem Wagen auf das Weingut, wo er ihnen die neuesten Entwicklungen kundtat.

„Nein! Der junge Coluche! Unfassbar!"

Während sich die Eltern langsam beruhigten, begann Anna, hemmungslos zu weinen. Perchard nahm sie in den Arm und suchte sie zu trösten. War diese plötzliche körperliche

Nähe von Bürgermeister und Anna ein Wendepunkt? Offenbarten sich schon hier ganz neue Gefühlswelten?

Tage darauf, Madelaine lag noch immer im Koma, zog heiteres Volk jubelnd durch die Gassen. Das Weinfest verstärkte, was sich die Tage zuvor bereits angekündigt hatte: Es wurde stiller um die Tragödie im Haus Fournés, das Leben ging weiter, andere Ereignisse rückten in den Fokus der Öffentlichkeit. Die Winzergemeinschaft einigte sich schnell – sollte doch die nicht minder schöne Anna Weinkönigin werden. Noch dazu: Das Kleid ihrer Schwester passte wie für Anna gemacht. Und wenngleich noch ein Hauch großer Traurigkeit über der Wahl lag, so wurde es doch ein furioser Abend. Forêt Escarpé hatte eine neue Weinkönigin, Anna, deren himmelblaue, strahlende Augen jeden traurigen Gedanken übertünchten.

Anna ging mit Feuereifer ihre neuen Aufgaben an. Sie lächelte in Fotoapparate. Sie lächelte beim Präsentieren der regionalen Weine auf einer landesweiten Spirituosenmesse.

Sie lächelte von einem Werbeprospekt, mit dem Feriengäste in die Gegend gelockt werden sollten. Und, wen wundert es, sie lächelte auch, als sie auf die Frage des Pfarrers: „Willst du, Anna Fournés, den hier anwesenden Daniel Perchard im Angesicht Gottes zu deinem angetrauten Ehemann nehmen, bis dass der Tod euch scheidet?" antwortete: „Ja, ich will."

So hatten beide Kleider von Madelaine Fournés auf die trefflichste Weise eine neue Verwendung gefunden, und Madelaine selbst hatte sich, weinend zwar, darein gefügt. Ihr Verstand sagte ihr, dass es so wohl das Beste war und dass für sie mit ihrem entstellten Gesicht nun ein anderes Leben beginnen müsse.

Wenig später kehrte Coluche, der Assistent des Drogisten, nach Forêt Escarpé zurück. Schon die ersten Leute, denen er auf der Straße begegnete, schauten ihn erschrocken an. Noch ehe er zwei Querstraßen gelaufen war, wurde er in Handschellen abgeführt.

Zur gleichen Stunde half Bürgermeister Daniel Perchard seiner frisch vermählten Anna beim Packen ihrer Sachen. Ein kleiner Lastwagen sollte sie in die neue, gemeinsame Wohnung in der Rue Napoléon bringen. Als sie die Handtücher aus dem oberen Schrankfach nahm, geschah es: Eine Flasche, die offensichtlich dahinter gelegen hatte, rollte an die Kante. Sie fiel und zersprang vor den Augen ihres Mannes in tausend Scherben. Die Holzdielen, vollgespritzt mit der Flüssigkeit, begannen zu dampfen und zu zischen. Gelbliche Bläschen bildeten sich.

Perchard blickte zu Anna. Anna blickte zu Perchard. Und beide wussten im selben Augenblick, dass dieses das Ende war.

Anna Fournés wurde vom Landgericht wegen versuchten Mordes an ihrer Schwester in einem besonders heimtückischen Fall zur Höchststrafe von fünfzehn Jahren Gefängnis verurteilt. Da die Angeklagte zwar geständig war, jegliche Reue jedoch vermissen ließ, verweigerte der Richter die Möglichkeit einer vorzeitigen Haftentlassung.

Anna Fournés erhielt während ihrer gesamten Haftzeit keinerlei Besuch. Weder von ihrem in aller Eile geschiedenen Mann, noch von ihrer Monate später entlassenen Schwester, noch von ihren Eltern. Mutter und Vater wurden kaum noch in der Öffentlichkeit gesehen, sie hatten förmlich über Nacht tiefgraue Haare bekommen und starben in kurzem Abstand, still und einsam auf ihrem Weingut.

Ihr einziger Kontakt während der fünfzehnjährigen Haft war der zu einer alten Wärterin, die sich noch immer gut an Anna Fournés erinnern konnte. „Ja", sagte sie zu ihrem Mann, „ich sehe sie noch regelrecht vor mir. Das arme Kind. Sie hat oft geweint. Und sie war die mit Abstand schönste Insassin des Gefängnisses von Forêt Escarpé. Denk dir, die ersten Jahre hing an den Gitterstäben des kleinen Zellenfensters noch eine goldene Krone aus fester Pappe, darauf stand: *Weinkönigin von Forêt Escarpé*, bis die Krone schließlich von den Sonnenstrahlen mürbe wurde und nach und nach zu Staub zerfiel."

„Deine Geschichten wieder ...", versuchte der alte Mann zu erwidern. Aber seine Frau redete schon weiter: „Damals, als sie entlassen wurde, ist sie in die große Stadt gezogen, wo sie niemand kannte. Und ich habe ihr versprochen, dereinst an ihrem Grab zu stehen und für sie zu beten. Sie war sich sicher, dass niemand sonst zu ihrer Beerdigung erscheinen würde. Und nun ist es soweit. Du musst nicht mitkommen. Es wird nicht lange dauern, dann bin ich zurück."

Genau das waren ihre Worte, ehe die alte, ehemalige Gefängniswärterin ihren Gehstock nahm und sich auf den Weg zum Friedhof machte, von dem die traurigen Glocken der Kapelle schon zur Eile mahnten.

TRAMINER SPÄTLESE

An diesem Tag überschlugen sich die Ereignisse.

Zehn Uhr, pünktlich, man hätte die Uhr danach stellen können, keuchte der örtliche Postbote mit seinem klapprigen, gelben Dienstfahrrad die Anhöhe zum Weingut Conradi hinauf, er schnaufte, der Schweiß bildete kleine Perlentröpfchen auf der Stirn. Er hatte ein Einschreiben auszuliefern, auf das Berthold Conradi und die schöne Marie schon einige Zeit gewartet hatten.

Im Umschlag einer bekannten Lebensversicherung lag ein Verrechnungsscheck über dreihunderttausend Euro, ausgestellt auf Maries Namen, deren Mann Gunnar Conradi seit einem Jahr als verschollen galt. Er war vor einigen Wochen offiziell für tot erklärt worden, und beide, seine Ehefrau Marie und sein Bruder Berthold wussten sehr wohl, dass das durchaus seine Richtigkeit hatte.

Schließlich hatten beide gemeinsam dafür gesorgt, dass sich Gunnar Conradi, oder besser gesagt, dass sich das, was von ihm noch übrig war, langsam aber stetig in einem 600-Literfass aus bulgarischem Eichenholz mit Resten ganz verschiedener Weine in seine organischen Grundbestandteile auflöste.

Berthold und Marie staunten immer wieder, wie leicht es doch gewesen war. Ein schneller Schnitt mit dem Rebmesser, das Blut am Boden war zwischen den zertretenen Rotweintrauben kaum ins Auge gefallen, und da hatte er dann gelegen, direkt unter dem Balken mit der eingeschnittenen Offenbarung des Johannes aus der biblischen Apokalypse: *Schick dein scharfes Winzermesser aus und ernte die Trauben vom Weinstock der Erde. Seine Beeren sind reif geworden.*

Marie war auf die Idee mit dem Weinfass gekommen. Marie, die schon kurz nach ihrer Eheschließung mit Gunnar Conradi bemerkt hatte, dass sie wohl den falschen der zwei so unterschiedlichen Conradi-Brüder geehelicht hatte, nämlich den widerlichen Tyrannen, den ekelhaften Geizkragen, den impotenten Trauerkloß und Säufer, statt den liebenswerten, liebeshungrigen Berthold. Marie, die sich heimlich in das Bett des Schwagers schlich.

Als Gunnar, seltsamerweise mit einem Rosenstrauß in der Hand, unerwartet in den Weinkeller getreten war und dort seinen Bruder und seine Frau in eindeutiger Umarmung vorgefunden hatte, da war plötzlich alles ganz schnell gegangen. Ein kurzes Brüllen, ein schnelles Handgemenge, der flotte Schnitt mit dem Winzermesser. Ab mit dem Kerl ins Fass, nebst Strohhut und Rosenstrauß.

Sie warteten zwei Tage. Dann gingen sie zur Polizei. Der Polizeibeamte erklärte den beiden zunächst, dass er nichts unternehmen werde. Jeder Erwachsene habe schließlich das Recht, seinen Aufenthaltsort frei zu wählen, ohne dies den nächsten Angehörigen mitteilen zu müssen. „Wir ermitteln nur, wenn ein Verbrechen vermutet werden kann, verstehen Sie?", erläuterte der Kommissar, „also Mord, Selbstmord, Unfall ..."

„Jaaa", sagte Conradi, „das ist ja vielleicht zu vermuten? Er hat sich nie von unserem Weingut entfernt, ohne Bescheid zu sagen. Und sein Reisepass ist auch verschwunden."

„Sehen Sie, er ist einfach verreist. Warten Sie ein paar Tage, er wird bestimmt wieder auftauchen. Aber vorsichtshalber nehme ich gern die Personenbeschreibung auf."

Berthold und Marie Conradi wechselten sich in den Schilderungen ab.

„Schwarzes Haar. Schulterlang, aus dem Gesicht nach hinten gekämmt. Sehr stark gegeelt."

„Er trägt eine braune, speckige Lederjacke."

„Darunter einen Wollpullover. Grau. Kratzend. Schafwolle eben."

„Und meist einen Strohhut. Der ist jedenfalls auch verschwunden."

„Gunnar ist ein starker Raucher, bevorzugt Zigarre, Havanna. Danach lutscht er gern Bonbons, Karamellbonbons."

„Und sonstige besondere Kennzeichen?", fragte der Kommissar.

„Was soll ich sagen", erwiderte Marie Conradi. „Er transpiriert sehr stark. Er riecht mitunter stark nach Schweiß. Und aus dem Mund nach Schafkäse, seinem Lieblingsessen."

„Gut", antwortete der Kommissar und legte die Akte auf einen Stapel weiterer Ordner. Es war Freitag. Praktisch schon Wochenende. Montag würde der Fall schon ein Fall aus der vergangenen Woche sein. Und irgendwann würde die Sekretärin mit dem aufreizend kurzen, roten Minirock die Vermisstenanzeige zu den anderen, nicht aufgeklärten Fällen heften.

In den folgenden Monaten erschien immer wieder einmal ein Beamter, der erklärte, es habe keine Abhebungen von Gunnars Konto gegeben, nein, die Fahndung sei bisher völlig erfolglos und ja, man wolle sich jetzt einmal gründlich im Weingut umsehen. Selbst ein Spürhund wurde durch die langen Reihen der Rebstöcke getrieben, natürlich ohne Erfolg.

Ziemlich genau ein Jahr nach dem Aufgeben der Vermisstenanzeige läutete das Telefon im Weingut. Eine Sekretärin der Gourmet-Zeitschrift *Bon Appétit* meldete sich. Ein Weinverkoster werde vorbeikommen. Ja, es sei Devriant höchstselbst.

Vor Devriant, der sich viel auf seine hugenottischen Wurzeln einbildete und allein aus seiner Abstammung heraus behauptete, Weinverstand sei ihm quasi in die Wiege gelegt worden, vor diesem Feinschmecker fürchteten sich alle Winzer. Straffte er nach dem ersten kleinen Schluck die Stirn und weitete er die Augenhöhlen, hieß das: Alle Achtung! Dann hatte er einen Tropfen erwischt, der selbst einen alten Hasen wir ihn noch überrascht hatte.

Ein Runzeln der Stirn, vornehmlich auf der linken Gesichtshälfte, in Verbindung mit dem Hochziehen der rechten Augenbraue, bedeutete: Das war zu erwarten. Wer mag, soll das Zeug doch trinken. Für den Supermarkt reicht es allemal.

Eben jenes Hochziehen der rechten Augenbraue beim Verkosten gerade noch erträglicher Weine hatte Devriant auch seinen Spitznamen eingebracht: Mr. Spock.

Doch dann gab es da noch das dritte Gesicht des Mr. Spock: Das Antlitz ein einziges Faltenmeer, von Kinn bis Scheitel ein zusammengekniffenes Knäuel, das aussah wie ein zerknittertes Kissen nach unruhiger Nacht. Dann pflegte Mr. Spock gern den Schluck aus seinem Mund in fein zerstäubten Fontänen in den Weinkeller zu sprühen, ja, einige Winzer wollten schon gehört haben, er habe sich, nicht bei ihnen selbst, Gott bewahre, aber andernorts auf der Stelle übergeben. Und glücklich ein jeder Winzer, der in diesem Moment nicht in der Flugbahn des spuckenden Mr. Spock stand, der dann, gelegentlich, auch Mr. Spuck betitelt wurde.

Seine Sekretärin jedenfalls rief an. Devriant komme heute Nachmittag. Und so geschah es.

Als Berthold Conradi das Geräusch abbremsender Räder auf dem Sandweg der Auffahrt hörte, holte er noch einmal tief Luft, wie um zu sagen: Lass es schnell vorübergehen! Doch es war Kommissar Petersen, der schwungvoll am Weingut vorfuhr.

„Conradi!", rief er in Richtung der geöffneten Weinkellertür. „Wo stecken Sie?"

„Hier, ich komme."

„Conradi! Was ist mit Ihnen los? Sie sind ja ganz blass!"

„Ja … ich erwarte den gefürchtetsten Weinverkoster der nördlichen Hemisphäre. Wir
nennen ihn Mr. Spock. Nun, er hat seine Ei-
genheiten. Sein Urteil kann mich zu einem reichen Mann machen. Oder in den Ruin treiben.
Er schreibt für so ein Fachmagazin, für die
Bon Appétit, und was da über Weine steht,
glauben die Leute."

„Wirklich?"

„Aber ja. Er ist der Weinpapst. Sagt er: Der
Wein ist sensationell, dann kostet die Flasche
ein Vermögen. Und wenn Sie so viel für eine
Flasche Wein ausgeben, dann *ist* es automa-
tisch auch ein Spitzenwein. Ganz einfach!
Eher zweifeln die Leute an ihrem eigenen Geschmack, aber ein Wein, der sauteuer ist und
der von Mr. Spock hochgelobt wurde, der
muss einfach gut sein. Verstehen Sie?"

„Nun ja, ich komme eigentlich, um Ihnen
mitzuteilen, dass wir die Ermittlungen in Sachen Ihres verschollenen Bruders eingestellt
haben. Das haben wir schon der Versicherung
mitgeteilt, die bereits, wenn ich recht infor-
miert bin, die Auszahlung der Lebensversicherung an Ihre Schwägerin veranlasst hat. Er
bleibt noch auf der Fahndungsliste von Inter-
pol und Polizei, aber ich glaube, das wird alles
ins Leere laufen."

Berthold Conradi versuchte, einen betrüb-
ten Gesichtsausdruck aufzusetzen.

„Sie müssen nicht Trauer oder so etwas heucheln. Meine Meinung kennen Sie", sagte Petersen. „Ich glaube nach wie vor, dass Sie ihn haben verschwinden lassen. Früher oder später wird die Leiche auftauchen. Und dann sehen wir weiter. Oder auch nicht. Derzeit haben wir in Europa knapp fünfzehntausend vermisste Personen. Viel Arbeit. Also nach der Fahndung und den Spürhunden können wir in Ihrem Fall nichts mehr tun, wir sind vorübergehend mit unserem Latein am Ende. Schade. Schönen Tag noch."

In diesem Moment stürmte Mr. Spock in den Weinkeller. „Aber, aber! Was soll denn das heißen! Sie wollen gehen? Bleiben Sie doch noch etwas bei uns! Ich sage Ihnen: Wahre Krimis spielen sich in den Weinkellern ab! Sie werden überrascht sein!"

Berthold Conradis Gesichtsfarbe wechselte von bleich zu kreideweiß, während Mr. Spock fortfuhr:

„Ich jedenfalls halte es für kriminell, was mir die Winzer der Region als Wein anbieten. Ich weiß nicht, was sie da hineinmischen, aber es kann kein Wein sein. Grauenhaftes spielt sich in den Weinkellern ab. Kommen Sie, verkosten Sie mit uns ein Tröpfchen ..."

Aber der Kommissar winkte nur ab, murmelte etwas von einem kühlen Bier und ging seiner Wege.

Conradi atmete auf. „Kommen Sie, Devriant, in diesem Jahr erwartet Sie eine große Köstlichkeit in meinem Keller. Ein Riesling, ganz wunderbar!"

Mr. Spock schüttelte leicht zweifelnd den Kopf. Er ließ sich auf den alten Holzstuhl fallen, der seit Generationen im Keller stand, eingekesselt von alten Fässern, in denen der Riesling heranreifte. Mr. Spock zog die Augenbrauen auf seine ihm eigene, arrogante Art nach oben. „Na", näselte er, „dann lassen Sie mal sehen!"

Conradi brachte eine gläserne Karaffe. Er kannte das Schauspiel, das jetzt folgen musste, aus den vergangenen Jahren. Devriant lehnte sich zurück, schenkte sich ein halbes Glas ein. Er schloss die Augen, während er den Wein in seinem Kelch schwenkte, so dass er nur wenige Millimeter unter dem Glasrand rotierend einen alkoholischen Strudel bildete. Nun galt es, das Aroma aufzunehmen. Devriant steckte seine dicke, fleischige Nase mit den weit heraushängenden, schwarzen Nasenhaaren tief in das Glas, fast hätte man meinen können, er wolle den Wein durch die Nase in den Rachenraum einsaugen, er schniefte und schnaufte, schnüffelte wie verschnupft.

„Ja ... vom ersten Eindruck her ein junger Tropfen? Grapefruit und Limone in der Nase, wirklich, Conradi, nicht schlecht!"

Er zog seine rechte Augenbraue hoch. „Aber das war zu erwarten! Dennoch. Nicht schlecht."

Nun nahm Mr. Spock einen ersten Schluck in den Mund. Er schlürfte, sog einen Schwall feuchte Kellerluft durch die spitz zusammengekniffenen Lippen, spülte die Mundhöhle mit dem Riesling, sprudelte wie es andere höchstens beim intensiven Zähneputzen zu tun pflegen, wälzte den Wein mit seiner Zunge an den Zähnen vorbei in die linke, dann in die rechte Mundhälfte und zurück, schluckte das Gemisch, das inzwischen zu einem großen Teil bereits aus Spucke bestand, in seinen Schlund, wo sich am rosafarbenen Zäpfchen die letzten Geschmacksknospen an der Restsüße delektierten. Den Rest aus dem Glas schüttete Devriant mit einem einzigen Schluck hinunter.

Immerhin, dachte Conradi, er hat nicht gespuckt. So verharrte er in großer Anspannung und Stille, um die Zeremonie des Meisters ja nicht zu stören.

„Gut! Das ist gut!", rief Devriant. „Im Mittelteil dieser ausgeprägte Geschmack nach grünem Apfel! Und ganz erstaunlich, dass er nach hinten heraus, im Abgang, noch einmal so zulegen kann. Mein Mund ist eine einzige Aprikosenhöhle! Das liegt an Ihrem Buntsandsteinboden, Conradi, das kommt Ihrem Wein mehr zugute, als Sie denken."

„So wird es sein", warf der Winzer unterwürfig ein. „Es war aber auch ein gutes Jahr! Viel Sonne, nicht zu trocken, aber auch nicht zu heiß, ja ..."

„Und Säure? Und Zucker? Halt. Lassen Sie mich schätzen. Zehn Gramm Restzucker, Säuregehalt acht Gramm? Auf alle Fälle eine vitale, dennoch gut gepufferte Säure!"

„Fast richtig, Devriant. Acht und sieben Gramm."

„Aber was sagt das Aräometer?"

„Achtzig Grad Oechsle. Zwölf Prozent Alkohol."

„Perfekt, Conradi, das ist schon fast ein Jahrhundertwein. Lecker. Kommen Sie, geben Sie mir den Rest aus der Karaffe." Mr. Spock versprach, den Conradi-Riesling auch im *Bon Appétit* ausführlich zu würdigen und wollte schon den Weinkeller verlassen, als er in der Ecke ein 600-Liter-Eichenfass entdeckte.

„Und, Conradi, was haben wir denn da?"

„Nun ja", antwortete der Winzer, wiederum eine Spur bleicher. „Das ist noch ein Experiment. Ein Traminer. Spät gelesen. Trocken ausgebaut."

„Ein Traminer? Gott! Und den wollten Sie mir vorenthalten? Her damit!"

Und schon saß er wieder auf seinem Stuhl.

„Nein, Devriant, es ist nur ein Versuch! Ich glaube, er ist mir gründlich misslungen ..."

„Nun geben Sie schon her!", rief Mr. Spock.

So wiederholte sich die bekannte Prozedur, wenngleich mit vollkommen anderen Ergebnissen.

„Himmel! Was ist denn das? So etwas habe ich ja noch nie in einem Traminer gerochen! Eine Spur von Leder. Fast wie geräucherter Speck. Und merkwürdig, die rauchige Note."

So verkostete Devriant den ersten Schluck. „Hm ... naja ... das ist nicht Ihr Meisterwerk, nicht wahr? Die erste Nase mit Anflügen von Lack und Leder wandelt sich am Gaumen erstaunlich schnell in einen Hauch von getrocknetem Heu. Die leichte Rosennote im Mittelteil – sehr ungewöhnlich!"

Devriant gurgelte nahezu mit dem Gebräu. Conradi hatte Not, seinen Brechreiz unter Kontrolle zu halten.

„Aber jetzt, wenn man den Mund gerade noch voll damit hatte, jetzt riecht der Wein noch seltsamer. Aus mikrobiologischer Herangehensweise müsste ich sagen: Nasse Wolle. Wie ein Schaf. Könnte fast als Pferdeschweiß und Käse durchgehen, hahaha."

Berthold Conradi bieb stumm und bleich.

„Schauen Sie diese Farbe an, diesen Körper! Tief gelb, fast rötlich, leicht ölig? Und im Abgang, nein, das glaube ich nicht, so eine Mischung aus Walnuss und Karamell. Lassen Sie mich noch einen kleinen Schluck nehmen."

Und schon wandelte sich Mr. Spock in Mr. Spuck, wie als würde abgestandene Luft aus einem Ballon entweichen, so sprühte Devriand den spät gelesenen Traminer auf den kalten Kellerboden.

„Sehen Sie, ich habe Sie gewarnt", murmelte Conradi.

„Jaja, schon gut. Aber das Zeug geht wirklich nicht. Schade um die sechshundert Liter, aber mit einem Fast-Jahrhundert-Wein wie dem Riesling können Sie sich eine solche Brühe nicht mehr erlauben. Lassen Sie ihn in den Gully laufen. Am besten gleich. Sofort."

Conradi öffnete den Schwenkhahn am Fass.

Der Wein lief.

Devriant verschwand.

Conradi und Marie beschlossen, dass eine Verdreifachung des Preises für jede Flasche Riesling, den Mr. Spock im *Bon Appétit* ausgiebig loben würde, nicht unberechtigt wäre.

Heute nun, zum jährlichen Weinfest, haben sie ein großes, ausgedientes Fass für das Lagerfeuer gespendet. Es lag auf einem bestimmt zehn Meter hohen Stapel aus Holzresten, die ein jeder aus dem Dorf herbeigetragen hatte.

Einen Augenblick nur roch es vorhin ganz entfernt nach Lack und Leder, nach Schafwolle, Rosen und Karamell. Aber kaum jemand hat das wahrgenommen. Das Feuer prasselt

noch immer, die Funken stieben, junge Bur-
schen tanzen mit ihren Liebsten um die zün-
gelnden Flammen, und Feuerwehr und Polizei
stehen wachhabend dabei, um darauf zu ach-
ten, dass niemand zu Schaden kommt und
letztlich alles, aber auch wirklich alles, restlos
verbrennt.

ALTER KNABE

Na, da bist du ja, alter Knabe, dachte sich Dr. Kammpari, als die Leiche des Weinhändlers Lucas Beck auf einem verchromten Rolltisch in das Untersuchungslabor der Gerichtsmedizin geschoben wurde. Zum Polizeiassistenten jedoch, der den Toten anlieferte, sagte er: „Na, wen haben wir denn da?"

Der junge Kollege, den Dr. Kammpari bisher nur zweimal gesehen hatte, zuckte mit den Schultern, griff nach dem Pappschild, das vorschriftsmäßig am linken großen Zeh der Leiche mit Knoten und Schleifchen befestigt war und sagte: „Beck. Lucas. Männlich."

„Ah ja. Und was steht in der Akte? Seien Sie so gut, lesen Sie mir das vor. Ich finde meine Brille nicht."

Der Polizist griff sich das Dossier und las gelangweilt vor: „Beck, Lucas, männlich, sechsundfünfzig Jahre. Weinhändler. Vermutliche Todesursache: Verblutet. Größere Glasscherben einer alten Weinflasche in beiden Armen und im Bauchbereich. Fremdeinwirkung nicht ausgeschlossen, möglicherweise auch nur gestolpert. Aber das ist nur der erste Eindruck, mehr steht uns schließlich auch nicht zu. Ob was dran ist oder nicht, das werden Sie herausfinden, wie immer, zuverlässig, und schnell."

„Aber sicher!", rief Dr. Kammpari dem schon an der Tür stehenden Polizisten nach. „In ein paar Stunden bin ich fertig, einschließlich der Fingerabdrücke auf den Scherben."

Kammpari setzte sich auf seinen Schemel. Er tat nichts, als dazusitzen und an die weiß gekachelte Wand zu starren.

Schließlich zog er die Plastikfolie, die den Leichnam bedeckte, zurück, entfernte mit Hilfe einer chirurgischen Zange die großen Scherben, die wie in einem Muster sortiert im Körper des Weinhändlers steckten, aus Arm- und Bauchbereich, schnitt mit einem Skalpell hier und da lieblos in dem toten Körper herum, als wäre er durch die Scherbenschnitte nicht schon genug entstellt, deckte ihn mit der Folie wieder ab, zupfte, als wolle er ihn kitzeln, kurz am linken großen Zeh und sprach: „Na, alter Knabe, da wollen wir dir mal ein schönes Protokoll schreiben."

Er erinnerte sich noch haargenau an den verfluchten Tag, an dem das Unglück begonnen hatte. Laura war schon aus dem Haus. Dampfender Kaffee auf dem Frühstückstisch. Rührei mit vielen Zwiebeln und Speck. Im Radio sang Klaus Hoffmann von *Stiefeln aus spanischem Leder und einer Flasche mit billigem Wein* - da hatte er die Idee. Laura. Der fünfzigste Geburtstag in drei Wochen. Eine Flasche Wein! Aber keinen billigen! Einen aus ihrem Geburtsjahr. Einen alten roten aus dem Burgund.

Und dazu ein paar rote Stiefel. Rote Stiefel aus spanischem Leder. Olé! Und dann mit einem Glas Rotwein zum Stierkampf ins Bett. Fein, fein.

Die Idee verfestigte sich auf seiner schleimigen Festplatte. Unlöschbar gespeichert. Kaum im Labor der Gerichtsmedizin angekommen, setzte er sich vor die Tastatur seines Computers. Google.

„Wollen doch mal sehen, was da kommt", brabbelte er und gab als Suchbegriffe *alte Weine Burgund* und das Geburtsjahr ein.

Obwohl er mit einigen Treffern gerechnet hatte, überraschte ihn das Ergebnis gewaltig. 4.610 Seiten, gefunden in 0,17 Sekunden. Noch gab es keinen Toten zu untersuchen, der

Tag hatte ruhig begonnen, und so klickte er sich in die erste Internetseite.

Nein, das konnte nicht sein. Sicher ein Druckfehler. Eine Dreiviertel-Literflasche Romanée Conti des Jahres 1959 für 10.750 Euro? Sicher, das Weingut Domaine de La Romanée Conti ist legendär, geprägt von vielen Mythen und Legenden, das steht da, und das kann ja auch sein, von dort kommen angeblich die teuersten Weine der Welt. Aber so teuer? Kammpari zögerte. Nein, unmöglich, das waren vier Monatsgehälter, und er verwarf seine Idee.

Also Stiefel. Ohne Wein. Er griff seine Geldbörse und ging zwei Querstraßen in das Schuhgeschäft, das seine Frau besonders mochte, weil es dort ungewöhnliche Schuhe jenseits der üblichen Massenware gab. Er schlenderte am Stiefelregal der Damenabteilung entlang. Er fühlte bohrende Blicke in seinem Nacken. Na und, dachte er sich.

Kammpari griff ein paar kirschrote, kniehohe Stiefel. Größe achtunddreißig. Zweihundertneuzig Euro. Das Leder war weich wie Watte. Es roch nach Rind. Nach spanischem Rind. Er sah, was die Kassiererin dachte. *Der alte Fettsack. Stattet seine Mieze neu aus. Der muss es ja haben.*

Er zahlte und ging. Aber auf dem Weg zurück in sein Labor ging ihm der rote Wein nicht aus dem Kopf. Er klickte erneut ins Internet. Schließlich fand er die Seite einer Weinhandelsagentur, die versprach, die ausgesuchtesten Weine aus aller Welt zu einem fairen Preis zu organisieren. Kammpari rief an. Am anderen Ende eine sympathische, männliche Stimme. Was er wünsche.

„Einen Romanée Conti? Jahrgang 1959? Wissen Sie, was der kostet?"

„Ja", antwortete Kammpari. „Über zehntausend. Aber ich brauche ihn preiswerter."

„Wie viel preiswerter?"

„Einiges."

„Das kann ich nur versuchen. Aber einfach wird das nicht, nicht mal zu einem fünfstelligen Preis. Sie wissen, dass man sich für die Weine der Domaine de La Romanée Conti noch heute anmelden muss, und dann wird per Los entschieden, wer ein paar Flaschen abbekommt und wer nicht?"

„Ah ja", ließ sich Kammpari vernehmen. Und mit resignierender Stimme fügte er hinzu: „Versuchen Sie es." Er gab dem Weinhändler seine Telefonnummer und dachte sich: Die roten Stiefel allein tun es schließlich auch.

Eine Woche verging, Kammpari hatte den Weinhändler schon fast vergessen, als sein Telefon klingelte. „Kammpari, Sie sind ein Glückspilz!", rief es aus der Leitung, nachdem er sich gemeldet hatte.

„Wer ist da?", fragte er.

„Ich bin es, Beck, der Weinhändler. Es kann klappen! Eine Flasche Romanée Conti, Jahrgang 1959, mit Zertifikat des Weingutes, für – na, nun raten Sie mal!"

„Oh, da lasse ich mich jetzt einfach überraschen", antwortete Kammpari mit Spannung in der Stimme.

„Viertausend glatt. Zuzüglich Versandkosten. Aber Sie können die Flasche ja hier bei mir abholen. Soll ich sie also direkt vom Weingut ordern?"

„Moment, Moment", erbat sich Kammpari Bedenkzeit. „Kann ich Sie in einer Stunde zurückrufen?"

„Aber ja", rief der Weinhändler in die Sprechmuschel, „aber ja, alter Knabe, lassen Sie sich alle Zeit der Welt! Das ist schließlich noch immer eine Menge Geld! Aber jeder Tropfen dieser Flasche ist seine Mäuse wert. Das garantiere ich Ihnen! Ein großer Wein! Eine Rarität! Allein der Anteil von Gerbsäure nach fünfzig Jahren! Wahnsinn!"

„Ja dann, bis dann", sagte Kammpari und legte auf. Die Gedanken in seinem Kopf fuhren Kettenkarussell. *Ach Laura, du treibst mich noch in den Ruin.* Er bedachte seinen Kontostand. Und rief an.

„Gut, Herr Beck, ich nehme die Flasche. Wann kann ich sie abholen?"

„Glückwunsch, das ist eine gute Entscheidung! Aber das mit dem Abholen dauert ein paar Tage. Der Kurier ist vielleicht Ende der Woche hier, also sagen wir: Montag, zehn Uhr, und wenn ich nicht noch einmal zurückrufe, dann bleibt es dabei."

Der Weinhändler rief nicht zurück.

Kammpari ertappte sich an diesem Wochenende immer wieder dabei, wie er in sich hineinlächelte.

„Was grinst du denn so?", fragte Laura.

„Nichts", antwortete Kammpari, „große Ereignisse werfen einfach ihre langen Schatten voraus. Rote Schatten!", womit sich seine Frau zufrieden gab, sie wusste, es würde keinen Sinn haben, nochmals nachzufragen, und in ein paar Tagen würde sie die Auflösung des großen Geheimnisses sowieso erfahren.

Noch einmal durchsuchte Kammpari das Internet nach seiner Geburtstagsüberraschung. Er las, dass die Domaine de La Romanée Conti im Burgund der Inbegriff des roten Burgunders sei und östlich von Nuits-Saint-Georges im Weinanbaugebiet der Côte d´Or liege. Die Geschichte der Domaine Romanée Conti gehe zurück bis in das römische Reich, bis in das Jahr 1232. Der Weinberg Romanée sei von den Benediktinermönchen zu Saint-Vivant ausschließlich mit Pinot-Noir-Reben bepflanzt worden und habe heute noch die gleichen Ausmaße wie zur damaligen Zeit. Sogar Louis François de Bourbon-Conti und Madame de Pompadour hätten sich um die Weinberge gestritten.

Gut, dachte Kammpari, sogar die Pompadour. Das rechtfertigt jeden Preis.

Montagmorgen. Kammpari konnte es nicht abwarten. Kurz nach acht, auf dem Umweg zum Labor, stand er schon vor dem Büro des Weinhändlers. Zweites Hinterhaus. Parterre.

„Na, die Hütte hat auch schon bessere Tage gesehen", murmelte Kammpari vor sich hin. Im ersten Hinterhof klapperte eine Mülltonne. Hier, im zweiten, schlich eine bunte Katze herum und war offensichtlich auf Mäusejagd. Es war düster. Im verkrüppelten Essigbaum krächzte ein Rabe, dass Kammpari vor Schreck zur Seite sprang und sich an die Hauswand lehnte.

Er warf einen flüchtigen Blick durch ein vergittertes, vollkommen verschmutztes Fenster.

Was er sah, ließ ihm den Atem stocken. Ein junger Mann hantierte mit einer Schere. Vor ihm, auf dem Tisch, stand eine Weinflasche mit einem rosafarbenen Plastiktrichter im Flaschenhals. Der junge Mann griff sich einen Tetra Pak, einen Getränkekarton, wie er ihn aus dem Lebensmitteldiscounter um die Ecke kannte. Rotwein, neunundneunzig Cent der

Liter. Schon ließ der Kerl den angeblichen roten Wein in die Flasche plätschern. Mit allen Sinnen konzentrierte er sich auf sein Werk, damit ja kein Tröpfchen daneben ging. Und er grinste dazu.

Kammpari drückte sich an den äußersten Rand der Fensterscheibe, um ja nicht entdeckt zu werden. Er schüttelte sich vor Ekel. Er wusste, wie die Containerschiffe aus aller Welt ihre so genannten Rotweine in Deutschland anlieferten, wie sie die Brühe in riesige Tanks pumpten, rührten und rührten, und dann ab damit, in Kartons und Flaschen, das Ausdenken eines Fantasienamens war da noch die geringste Mühe.

Jetzt holte der Kerl aus einer Lade des Schreibtisches einen Korken, quetschte ihn zusammen und steckte das erste Stück in den Flaschenhals. Mit einem Gummihammer, wie ihn Bauarbeiter zum Pflastern von Wegen verwenden, trieb er den Korken mit schnellen, aber vorsichtigen Schlägen vollständig in die Flasche. Er hob sie lächelnd ins Licht, und während er sie mit kritischem Auge prüfte, konnte Kammpari von seinen Lippen ein einziges gemurmeltes Wort lesen: „Gut!"

Eine gute halbe Stunde lehnte Kammpari an der Häuserwand, unfähig, sich auch nur zu rühren. Dann ging er zur Bürotür des Weinhändlers, klingelte.

„Kammpari", stellte er sich kurz vor.

„Ah, da Sind Sie ja, alter Knabe!"

Alter Knabe – das schien eine Lieblingsfloskel des Weinhändlers zu sein. Dabei fühlte sich Kammpari weder alt, noch im Knabenalter. Er rümpfte die Nase.

„Da haben wir das edle Tröpfchen. Sie sind aber auch ein Glückspilz! Würde ich die Winzerfamilie nicht seit Jahrzehnten kennen, ich hätte nie einen Romanée Conti 1959 für so wenig Geld bekommen. Hier ist er!" Und damit präsentierte der Weinhändler jene Flasche, die alt und nicht ganz sauber war, mit einem eingerissenen Etikett, als hätte sie jahrzehntelang in einem Weinkeller gelegen, der, das ahnte Kammpari, gesichert sein musste wie der Hochsicherheitstrakt eines Gefängnisses oder wie das legendäre Goldmuseum von Bogotá.

„So so, das ist er also, der edle Tropfen. Und da sind Sie sich absolut sicher?"

„Absolut! Mit Zertifikat!"

Kammpari nahm die Flasche in die Hand, betrachtete sie lange, dachte sich: Gut. Eine gute Arbeit. Dann warf er die Flasche dem Weinhändler in die Arme. Der griff geistesgegenwärtig zu und starrte geschockt.

„Was soll das! Ihre Freude in allen Ehren! Wenn Sie die Flasche bezahlt haben, können Sie meinetwegen damit auch kegeln gehen!

Aber wenn ich jetzt nicht zugegriffen hätte, was dann?"

Kammpari fletschte die Zähne wie ein tollwütiger Wolf.

„Wenn Sie nicht zugegriffen hätten, dann hätten Sie Ihren noch nicht einmal abgewaschenen Plastiktrichter eben auf eine neue Flasche aufgesetzt! Oder hatte Ihr Supermarkt nur noch einen einzigen Karton rote Mischmaschbrühe!?"

Die Wangen des Weinhändler färbten sich feuerrot.

„Nein, aber ich bitte Sie, was denken Sie da! Wie kommen Sie auf so etwas! Ich weiß nicht, wieso Sie mir so etwas unterstellen!"

Aber da Kammpari wie eine Furie auf den Mann losging, konnte als sicher gelten, dass er alles wusste, was zu wissen war. Der Weinhändler rannte um seinen Panschertisch, Kammpari hinterher, dann versuchte der Händler - noch immer die Flasche mit dem vermeintlichen Romanée Conti im Arm – einen Haken zu schlagen, wollte über die paar Stufen seiner Treppe dem rasenden Kammpari entfliehen, als dieser ihm von hinten das rechte Bein wegzog.

Der Händler stürzte, unter ihm klirrte im Fallen die Rotweinflasche, Kammpari blieb wie angewurzelt stehen, zögerte, bis sich der Weinhändler langsam umdrehte.

„Helfen Sie mir!", wimmerte er.

Kammpari vermochte nicht zu sagen, was da an roten Flüssigkeiten dominierte: Billiger Wein oder dickeres Blut? Er blickte dem Betrüger nur tief und voller Verachtung in die Augen, die sich langsam schlossen, während das Blut weiter in dicken Stößen aus seinem linken Arm spritzte. Kammpari schaute dem noch einen Moment zu, er war den Anblick von Blut durchaus gewohnt, ehe er sich wortlos umdrehte und einfach ging.

Erst am folgenden Tag wurde der verblutete Weinhändler gefunden.

Dr. Kammpari setzte sich an seinen Laborschreibtisch, legte einen Briefbogen der Gerichtsmedizin in den Drucker und schrieb kurz und bündig sein Protokoll. *Beck, Lucas. Todesursache: Verblutet nach erheblichen Schnittverletzungen im unteren Brust- und Armbereich, hervorgerufen durch Scherben einer Weinflasche. Fremdeinwirkung konnte nicht festgestellt werden, Fingerabdrücke auf den Scherben ausschließlich vom Toten. Leber stark vergrößert durch jahrelangen, erheblichen Alkoholkonsum. Alkoholgehalt im Blut zum Todeszeitpunkt: 2,2 bis 2,4 Promille – häuslicher Unfall.*

Und als abschließende Amtshandlung dieses Vormittags nahm er ein letztes Mal das ausgedruckte Protokoll zur Hand.

Datum. Stempel. Unterschrift.

And long and loud,
To night's nave upsoaring,
A starknell tolls
As the bleak incense surges,
Cloud on cloud,
Voidward from the adoring
Waste of souls.

Und lang und grell
steigt durch das nächtliche Kirchenschiff
das Läuten der Totenglocke,
brandet wie der kalte Weihrauch
Wolke um Wolke
leerwärts aus der anbetenden
Seelenwüste.

James Joyce: Nightpiece

IRISCHES NACHTSTÜCK

Als Cormac O'Connor mit dem Nachtzug von Dublin auf dem Bahnhof von Ballymoor ankam, begann es bereits zu dunkeln. Außer ihm verspürte niemand das Bedürfnis, in dieser öden Gegend den Zug zu verlassen. So fiel es dem Verwalter von Schloss Ballymoor Castle, einem aufgedunsenen Mann mit einem narbenübersäten Gesicht nicht schwer, Cormac O'Connor zu erkennen.

„Willkommen, Mr. O'Connor", murmelte er, hielt dem Gast aus Dublin seine fleischige, sehr feuchte Hand vollkommen drucklos zum Gruß hin. O'Connor lief eine Gänsehaut über den Rücken, so unangenehm war ihm der Schlossverwalter; nicht nur seine ungelenke Gestalt schien gewöhnungsbedürftig, der tiefrote Farbton seiner knubbeligen Nase ließ auf einen längeren Alkoholmissbrauch schließen, seine bereits erheblich ausgedünnten Haare hatte er in langen, fettigen Strähnen über die kahlen Schädelpartien gelegt, wo sie wie festgeklebt eine partielle Schuppenflechte nur halbwegs verdeckten. Seine schielenden Froschaugen komplettierten den unangenehmen Eindruck, den O'Connor hatte, denn er vermochte einfach nicht zu entscheiden, in welches Auge er zur Begrüßung blicken sollte, denn keines der beiden sah ihn an. So lenkte O'Connor seinen Blick auf die Mitte zwischen den glasigen Augen, wo sich wahre Büsche von Augenbrauen am Ende der Nasenwurzel zu einem unentflechtbaren Gewirr vereinten.

„Willkommen", murmelte der Verwalter noch einmal, „kommen Sie, setzen Sie sich zu mir auf die Bank. Ich werde mich gleich hier von Ihnen verabschieden, ich gebe Ihnen die Schlüssel mit, mein Zug kommt in wenigen Minuten. Das ist meine letzte Amtshandlung vor dem Ruhestand."

Cormac O'Connor hatte große Mühe, den alten Verwalter von Ballymoor Castle mit seinen Spucke sprühenden, rissig aufgewölbten Lippen zu verstehen, aber er begriff dann doch die Frage nach seiner, O'Connors, Person.

„Ich komme", sagte der, „aus Dublin. Sie glauben gar nicht, wie furchtbar laut es dort zugeht! Ich bewohne jenseits der Liffey eine bescheidene Mansarde über dem *Bachalors Pub*, jeden Abend, bis in den frühen Morgen hinein, grölen die besoffenen Junggesellen, erbrechen ihr Übermaß an Guinness in unseren Hauseingang, unmöglich zu schlafen oder zu arbeiten, wenn vor meinem Fenster immer wieder Heerscharen schwankender Gestalten versuchen, die gar traurige Geschichte von *Molly Malone* mit ihren Herzmuscheln und Miesmuscheln zu intonieren! Und das ausgerechnet jetzt, wo ich einen so wichtigen Aufsatz für das literarische Magazin *Wilde, Yeats & Shaw* zu erstellen habe!"

„Worüber wollen Sie schreiben?", fragte der Verwalter scheinbar sehr interessiert.

„Über das Unheimliche in der irischen Literatur."

„Ah, ja, daher ..."

„Als ich davon hörte, dass Lord Blackbain für die zwei Sommermonate einen Aufseher für sein Schloss Ballymoor Castle suche, habe ich mich sofort beworben, er hatte davon gesprochen, dass das Schloss etwas abseits liege? Und dass er es nicht unbeaufsichtigt lassen wolle angesichts finsterer Gestalten, die immer wieder einmal vagabundierend durch die einsame Gegend schlichen und in Anbetracht der Reichtümer in seinem Schloss."

„Ach, die alten Schinken mit den Köpfen der Vorfahren des Lord Blackbain", nuschelte der Verwalter, „die sind doch miserabel gemalt und nichts wert, höchstens, naja ..."

„Höchstens?"

„Höchstens die Sammlung erlesener Weine in den Schlossgewölben ... womit wir bei den Anordnungen für Ihren Aufenthalt wären. In der Küche und in den Speisekammern finden Sie ausreichend Proviant, Sie können sich bedienen, wie Sie wollen. Die Weine im Keller aber sind absolut tabu. Holz für den Kamin liegt bereit, und dann haben wir da noch ein Missgeschick ..."

Cormac O'Connor sah den alten Mann fragend an.

„Vor ein paar Jahren ist Schloss Ballymoor Castle in den Genuss des elektrischen Lichts gekommen. Dummerweise ist die Leitung gerissen, die Reparatur wird frühestens in einer Woche ausgeführt. Aber es gibt im Schloss nahezu unerschöpfliche Vorräte an Kerzen. Nutzen Sie sie!"

„Gut! Das ist doch romantisch!"

„Ja. Und hier sind die Schlüssel, ich sehe, mein Zug kommt. Leben Sie wohl. Ach ja, hier haben Sie eine Karte der Gegend, aber genau genommen folgen Sie einfach dem Weg, der dort drüben hinter der Kirche beginnt und gute vier Meilen durch das Moorland führt. Verlaufen können Sie sich nicht."

Damit übergab der merkwürdige Kauz auch seine Laterne an Cormac O'Connor und war durch die Dampfwolken, die dem eingefahrenen Zug entwichen, schon kaum noch zu sehen.

Angesichts der mehr und mehr hereinbrechenden Dämmerung und eingedenk des weiten Weges zögerte O'Connor keinen Augenblick und machte sich auf den Weg durch das Moor.

Der Pfad war zunächst holprig, dann wieder feucht, schließlich so nass, dass die Sohlen seiner Schuhe vor Nässe quietschten. Dichte Nebelschwaden zogen über den Sumpf, in dem es gluckste und blubberte und aus dem heraus die Geräusche der Nacht ihr Grauen über die finstere Landschaft legten. Cormac O'Connor schien, als würden sich die Schatten, die die bleiche Mondsichel an den verfaulten Baumstümpfen warf, ihm nähern.

In den nächtlich dampfenden Hügeln schrien die Moorfrösche, doch dann waren sie urplötzlich vollkommen verstummt. In den Sträuchern zu seiner Rechten knackte ein Ast. O'Connor fuhr mit aufgerissenen Augen und schweißgebadet herum. Er fühlte sich einem Herzanfall nahe, als eine Rotte wilder Schweine nur wenige Fuß hinter ihm aus dem Unterholz in die Sümpfe stürzte.

„Oh Gott", flüsterte er, „nun ist es aber genug."

Aus den schwarzen Astgerippen schrie ein Käuzchen. Aufsteigende Faulgase ließen vereinzelt Sumpflichter flackernd aufflammen. Immer mehr Wolken schoben sich nun vor den Mond, so dass sich Cormac O'Connor an einer Weggabelung endlich entschloss, die Laterne anzuzünden und einen kontrollierenden Blick auf die Landkarte zu werfen, die ihm der Verwalter mitgegeben hatte.

„Genau", sagte er, „beide Wege führen zum Schloss. Sie umgehen einen Hügel, da steht auch der Name ... *Zum schwarzen Galgenberg!* ... Rechts herum führt der *Henkerweg!* ... Links herum die *Blutrinne!* ... Nein, das sind nicht wirklich Alternativen, also egal, links herum, nur noch eine Meile."

Seit einiger Zeit hatte Cormac O'Connor das Gefühl, dass ihm ein schwarzer Schatten folge, aber sooft er sich auch wendete und das fahle Licht der Laterne in den Sumpf schickte, er sah nichts außer vereinzelten Irrlichtern und zerfransten Wolkenfetzen, durch die immer wieder einmal ein Stück der blässlichen Mondsichel schielte.

So erreichte er, unerwartet schnell und unbeschadet, das auf einem Hügel liegende Ballymoor Castle. Der Schlüssel drehte sich knarrend im Schloss. Die schwere Tür quietschte in den Scharnieren. Cormac O'Connor stand mit seiner Laterne in der Empfangshalle des Schlosses, er zündete eine ganze Reihe der in schmiedeeisernen, siebenarmigen Kandelabern bereitstehenden Kerzen an und rief: „Wow, was für eine Halle!"

Nach rechts und links führten scheinbar endlos weite Gänge, es herrschte Totenstille, und nur seine eigenen Atemgeräusche schlugen ihm als feines Echo von den Wänden der Empfangshalle entgegen. Rechts und links führten kalte Steintreppen in die oberen Stockwerke, in der Mitte des Raumes aber thronte ein wuchtiger Pfeiler. Das Kapitell jagte O'Connor einen Schrecken ein: Teuflische Gestalten hetzten mit entstellten Gesichtszügen um das obere Rund der Säule, und egal, von welcher Stelle der Empfangshalle er um sich blickte, immer schienen ihn die entsetzensweiten Augen der teuflischen Jagd zu fokussieren, als gebe es kein Entrinnen.

O'Connor öffnete die vor ihm liegende Tür zur Haupthalle, die sich, entgegen seiner Erwartung, geräuschlos aufstoßen ließ. Ihm war unheimlich zumute, aber er suchte sich zu beruhigen. Ein altes, abseits gelegenes Schloss, dachte er, es muss etwas Gruseliges an sich haben, es ist schließlich kein Etablissement auf dem *Wellington Quay* von Dublin, sondern ein alter Steinkasten zwischen Moor und anschließendem Wald.

Ein kalter Hauch schien durch den Saal zu wehen, Cormac O'Connor entzündete die Holzscheite, die bereits im Kamin lagen, holte aus seinem Gepäck etwas Proviant und aus der benachbarten Küche ein Glas Wasser. Er setzte sich an den schweren Eichentisch und las das Schreiben, das Lord Blackbain für ihn dort hinterlassen hatte:

Mister O'Connor, ich hoffe, Sie hatten keine Unannehmlichkeiten während Ihrer Anreise nach Ballymoor Castle? Ich wünsche Ihnen einen ruhigen Aufenthalt und bitte Sie um Folgendes: Nach dem Lüften der Zimmer, insbesondere in den oberen Stockwerken, wäre es begrüßenswert, wenn Sie die Fenster noch vor Einbuch der Dämmerung und dem Flug der Fledermäuse wieder schließen könnten. Ihr Zimmer ist gleich das erste links im zweiten Stock. Die Speisekammern hinter der Küche sind wohlgefühlt, bedienen Sie sich ohne Scheu. Nur die Weine im Gewölbekeller sind Sammlerstücke und nicht für Sie bestimmt. Es handelt sich da um sehr seltene rote Säfte, der *Cantina della Cremosino 1802* hat ein Vermögen gekostet! Und allein die Kiste *Château d'Yquem 1811* ist mehr wert als das halbe Schloss. Und der *South Side Madeira Funchal 1818* ist generell unbezahlbar. Bitte schauen Sie täglich im Gewölbe nach dem Rechten.

Die umfangreiche Bibliothek mit einer in Irland sicher einzigartigen Sammlung mystischer Texte steht zu Ihrer freien Verfügung, so, wie Sie es sich für Ihre Forschungen gewünscht hatten. Aber ich muss Sie um äußerste Vorsicht im Umgang mit den alten Texten bitten. Um einige beneidet mich sogar die altehrwürdige Bibliothek im *Long Room* des Dubliner Trinity College! Ein Exemplar des legendären *Book of Kells* kann ich zwar – entgegen dem *Long Room* – nicht mein Eigen nennen, aber dafür besitze ich Antoinette Bourignons *Antichrist* von 1684 und Weitenkampfs Helmstädter Handschrift von 1754 über die *Geister und Toten nebst den verschiedenen Meinungen der Gelehrten über Tote und blutsaugende Vampire.* Versäumen Sie nicht das Studium der handschriftlichen *Gespenster- und Hexenberichte* des Erasmus Francisci von 1695! Sie werden sie kein zweites Mal in der Welt finden!

Ich wünsche Ihnen einen glücklichen Aufenthalt auf Ballymoor Castle, Lord Blackbain.

Post Scriptum: Ich vergaß zu erwähnen, dass mein bisheriger Verwalter der Ansicht war, dass es nachts im Schloss gelegentlich spuke. Aber das ist natürlich Unsinn und nur auf die überbordende Fantasie des armen Alten zurückzuführen! Wie dem auch sei – in der Ahnengalerie meines Geschlechts sehen Sie gleich zu Beginn der langen Reihe meiner Vorfahren das Bildnis der Lady Ashton. In der Familienchronik steht zu lesen, sie sei vom Teufel besessen gewesen, und auch ich glaube das. Schauen Sie doch gelegentlich in ihre Augen. Da schlägt Ihnen die vollendete Mischung aus schrillem Entsetzen und heiligem Wahnsinn entgegen. Diese starren, aufgerissenen Augen! Dieser durchdringende Blick! Dieses vom Leid gezeichnete Antlitz! Vielleicht hat sich aber auch der Maler des Bildes nur rächen wollen, weil Lady Ashton ihm nicht zu Willen war? Hat er sie im Frust über eine verschmähte Liebe der Nachwelt als Monster hinterlassen? Die Familienchronik berichtet, dass sie sich im schizophrenen Verfolgungswahn erhängte, übrigens genau über Ihrem Kopf, an diesem dicken Holzbalken! Mein Verwalter jedenfalls begegnete ihr gelegentlich, oder vielmehr ihrem schwebenden, schlohweißen Nachthemd. Ich habe sie nie gesehen, aber sollte sie auch Ihnen erscheinen, bitte grüßen Sie sie von mir.

Fassungslos starrte Cormac O'Connor auf das Schreiben und ging schließlich, in gespensterhafter Erwartung, in das ihm bestimmte Gästezimmer, wo er ohne Belästigung durch schwebende Nachthemden der Lady Ashton bis in den nächsten Morgen hinein traumlos schlief.

Das Sonnenlicht weckte ihn. Nach einem ausgiebigen Frühstück verordnete er sich zunächst eine Außenbesichtigung seines zeitweiligen Anwesens. Als er vor die Tür trat, sah er etwas Unfassbares: Vom Sumpf zogen nicht nur eiskalte Nebel den Hügel hinauf, von allen Seiten strömten in teppichähnlichen Gebilden Unmengen schwarzer Nacktschnecken zum Ballymoor Castle, als wären sie auf der Flucht vor den schreienden Moorfröschen und wollten im Schloss um Zuflucht bitten.

„Was ist das?", murmelte Cormac O'Connor entsetzt. Weite Teile des Hangs und des Weges glänzten im Schleim, die Schnecken krochen übereinander hinweg, verwesende Gerüche absondernd, langsam aber stetig vom Moor zum Schloss hinauf. O'Connor hatte große Mühe, sich einen Weg durch die Schneckenarmee zu bahnen, und wenn er nur einen Augenblick nicht auf den Weg achtete, rutschte er auf den schleimigen Überresten zertretener Nacktschnecken aus. Eine Schar krächzender Nebelkrähen stürzte sich unmittelbar hinter seinem Rücken auf die matschigen Schneckenreste, um sie an Ort und Stelle sabbernd zu verschlingen.

Inzwischen war O'Connor an der Rückseite des Ballymoor Castle angelangt, von wo aus ein Weg in den anschließenden Wald führte. Von Ferne hörte er eine Axt schlagen. Er ging dem Geräusch nach und stand kurz darauf einem alten Holzfäller gegenüber.

„Guten Tag!", rief er ihm zu.

Doch der in übel riechende Lumpen gehüllte Holzfäller reagierte mit keiner Regung, keinem Blick. Starr stierte er auf seine Axt, die er ohne Unterlass in das splitternde Tannenholz trieb.

„Guten Tag!", rief Cormac O'Connor noch einmal. Da endlich wendete sich der Holzfäller, griff die Axt fester und humpelte mit seinem Holzbein, das auf dem steinigen Untergrund immerfort klackte, klack, klack, klack, langsam auf O'Connor zu. Er fixierte mit irren Augen den Eindringling, kam näher und näher, aus Nase und Mund liefen unkontrolliert die Körperflüssigkeiten, er röchelte, klack, klack, auf seinem Schulterblatt koch eine schwarze Nacktschnecke herum, und O'Connor rannte, so schnell er nur konnte, zurück zum Schloss, wo erste Schnecken bereits damit begannen, sich die Außenwände von Ballymoor Castle hinaufzuschieben.

Cormac O'Connor rannte in den zweiten Stock, warf mit Wucht das offen stehende Fenster seines Zimmers zu und hatte es im letzten Moment geschafft, der schleimigen Invasion Paroli zu bieten. Unfähig, sich noch zu rühren, blickte er aus dem Fenster, das sich mehr und mehr mit einer dicken Schicht schwarzen Schleimes überzog.

O'Connor war der Panik nahe. Er redete sich ein, dass die Schnecken auch wieder verschwinden würden und ging mit zitternden Knien in die Haupthalle, wo er das Feuer im Kamin entfachte und sich ein großes Glas randvoll mit *Locke's* getoastetem single malt Whiskey füllte. Der erste Schluck in Verbindung mit dem Prasseln des Feuers beruhigte ihn, aber an ein Studium der Geister- und Hexenhandschriften aus der Bibliothek von Lord Blackbain war dennoch nicht zu denken. Immer wanderten seine Gedanken zu dem wahnsinnigen Holzfäller und seinen schleimigen Freunden.

„In den Keller!", rief er sich schließlich mutig selbst zu. „Tägliche Kontrolle des Weinlagers im Schlossgewölbe!"

Die blasse Laterne machte die Schatten des Gewölbes tanzend und lebendig. Dennoch bemerkte Cormac O'Connor mit einem Blick, dass hier alles seine Ordnung zu haben schien. Offensichtlich hatte sich seit längerer Zeit niemand mehr für die Sauberkeit in den Gewölben verantwortlich gefühlt. So hingen also hunderte, wenn nicht tausende außerordentlich große Gartenkreuzspinnen in den Gewölbemulden, aber zumindest gab es hier eindeutig keine Schnecken.

Eine große Wanderratte, die auf einer feuchten Kellerstufe saß, schob O'Connor einfach mit dem Fuß beiseite, was der Ratte nicht gefiel, sie fauchte und trollte sich dann in einen finsteren Gang, aus dem heraus es vielfach huschte und scharrte. Die Weinflaschen aber lagen unberührt in ihren verstaubten Regalen, eine Rarität neben der anderen.

Ein Lufthauch fuhr durch die Gewölbe. Die Laterne flackerte gefährlich. In Sekundenbruchteilen ging O'Connor gedanklich die Fensterfront ab, hatte er vergessen, ein Fenster zu schließen?

Er eilte zurück in die Halle, griff sein Whiskeyglas und verspürte auch hier diesen leichten Zug, obwohl alle Fenster gut verschlossen waren. Aber es war keine Einbildung, denn auch die Kerzen in den Kandelabern flackerten energisch, und bewegten sich nicht sogar die schweren, schwarzen Vorhänge an den Fenstern? Da hörte er hinter sich, im Kamin, ein Zischen. Da war das Geräusch schon wieder! Er starrte in die Flammen und erkannte schwarze Nacktschnecken, die durch den Kaminschlot in das Feuer fielen. Immer mehr Schnecken stürzten sich auf das brennende Holz und damit in den Tod. Ihre Leiber kochten, siedeten, blähten sich, bis sie zerplatzten und ihre wässrigen Innereien die Flammen zu ersticken drohten. Im Zischen der Schleimleiber meinte er stumme Entsetzensschreie zu hören, bis er es nicht mehr ertrug und die Flucht in die obere Etage antreten wollte. Doch da schwebte plötzlich ein schlohweißes Nachthemd über die Flure.

Cormac O'Connor brach entsetzt zusammen. Im Dämmerzustand des Wahnsinns streifte das leinene Tuch sein Gesicht, während sich an seinen Schenkeln, in den weiten Hosenbeinen, schwarze Nacktschnecken an seiner Haut festsaugten.

Die Leiche Cormac O'Connors wurde, grausam zerfressen, erst Wochen später gefunden. Die Umstände seines Todes blieben ungeklärt, denn abgesehen davon, dass alle Weinflaschen im Gewölbe ausgeleert in den Regalen lagen, war nichts Ungewöhnliches zu erkennen.

Die Bewohner im nahen Ballymoor erinnerten sich lediglich daran, dass vor Wochen mitten in der Nacht und völlig unvermittelt das Läuten der Totenglocke wie kalter Weihrauch, Wolke um Wolke, lang und grell, durch das nächtliche Kirchenschiff gestiegen war ...

Agnus Dei,
qui tollis peccata mundi,
miserere nobis.

Lamm Gottes,
du nimmst hinweg die Sünden der Welt,
erbarme dich unser.

W. A. Mozart: Missa brevis, KV 140

MESSWEIN

Da sangen sie wie die Engel in den höchsten Tönen, und die Bässe brummten im Takt, Bäcker Gensler trat mit seiner kräftigen Bassstimme etwas in den Vordergrund, und sie alle gemeinsam schmetterten Mozarts Missa brevis in G-Dur, von Kyrie bis Agnus Dei, den ganzen himmlischen Lobgesang.

Es galt als ausgemachtes Wunder, dass Pfarrer Theobald Kreuziger es geschafft hatte, aus einer Horde von Gesangsmuffeln einen derart wunderbar jubilierenden Kirchenchor zu formen. Niemand hatte es zuvor für möglich gehalten, auch ich nicht, der die Ereignisse von damals aus nächster Anschauung erleben durfte, dass der längst pensionierte Bahnschaffner Moser auch im hohen Alter noch einen so ausgeprägten Tenor aus seiner Kehle würde pressen können, ja, so mancher hatte ihm in den Gesangsproben schon prognostiziert, er werde derjenige sein, der einst als zweiter Jopi Heesters auch mit hundertundzehn Jahren noch die Lieder seiner Jugend trällern werde, zwar alt, blind und mit Altherrenwindel, aber mit Stimme. Und die Damen im Alt und im Sopran! Durchgehend, ohne Ausnahme, hingen sie mit nahezu hypnotisierenden Blicken an den Lippen und an den Augen ihres Chorleiters Pfarrer Kreuziger, der mit stolz geschwellter Brust, das Publikum in den restlos ausverkauften Kirchenbänken in seinem Rücken, vor seiner Truppe stand, kerzengerade wie die handgezogenen, langen und schlohweißen Kirchenkerzen auf dem Altar, standfest und überhaupt nicht schwankend, ganz so, als seien Welt und Himmel noch immer miteinander im Gleichgewicht, und als kündigten sich nicht unter der Hand längst jene grauenerregenden Ereignisse an, von denen nun doch die Rede sein soll.

Unmerklich zunächst und über längere Zeiträume hinweg hatte der Leibhaftige seine schmutzigen Krallen nach Pfarrer Kreuziger ausgestreckt, daran kann im Nachhinein keinerlei Bedenken aufrecht erhalten werden. Während anderen der Teufel in der Regel mit Feuerschweif, Dreizack und gehörnt erscheint, während er uns selbst auf den heiligen Bildern der Kirchen oft schwarz, behaart, mit Pferdefuß und langer Habichtsnase entgegentritt, kam er hier mit gepflegten Fingernägeln, als freundlicher, in teuren Zwirn gehüllter Weinhändler Willy Klevener in das Leben des bis dato nur in Gedanken sündigenden Theobald Kreuziger. Schon dieser erste Auftritt, von französischem Rasierwasser statt von Schwefelgestank eingenebelt, war allerdings von erheblicher Verführungskraft. Ein bischöfliches Empfehlungsschreiben verbriefte Willy Klevener als offiziell anerkannten Messweinhändler, und der Messwein selbst, der von geschmacklich ganz verschiedenen Trauben gewonnen war, rann in kleinen Verkostungspfützchen in die willigen Kehlen von Weinhändler und Pfarrer. Für beide war es ein Vergnügen! Sie verstanden sich auf Anhieb und bestätigten sich gegenseitig durch einen kurzen Stichwortwechsel, dass sie genau wussten, was sie gerade verkosteten:

„Reiner Traubenwein?"

„Aber natürlich! Von den betreffenden Winzern eidesstattlich versichert ..."

„Keinerlei Zusätze."

„Doch, aber nur ein bisschen Alkohol. Wir haben den Traubenwein ein wenig aufgespritet, auf zwölf Prozent glatt."

„Ja, aber ..."

„Natürlich nur mit Alkohol, der aus reinem Traubensaft gewonnen wurde! Ganz nach der 76er Messweinverordnung!"

„Gut! Gut!"

„Und der Bischof hat diesen Messwein ja auch justamente bestätigt! Er ist also nicht nur Wein, sondern, wie unsere Kirche das bezeichnet: *gültige Materie!*"

Und noch während Pfarrer Kreuziger zum siebten Mal sein Degustationsgläschen gefüllt bekam und zum wiederholten Mal *Sanctus!*, *Sanctus!* ausrief, derweil Weinhändler Klevener nur noch schlürfte und *lecker!*, *lecker!* aus sich herausgurgelte, rammten beide erneut ihre klingenden Gläser aneinander und boten sich fröhlich-trunken das gegenseitige *Du* an. Du, Theo! Du, Willy!

Ich glaube, das war der Beginn einer wunderbaren Freundschaft, so wie damals zwischen Ingrid und Humphrey. Fortan ging es im Pfarrhaus, das schräg gegenüber der Kirche lag, hoch her. Bald darauf stieß auch ich zu der stets durstigen Runde, manches Mal mahnende Wort aussprechend, aber stets zum Schluss auch: betrunken. Ich muss sagen, dass ich in diesen Monaten viel über die Kirche und unseren Herrn Jesus Christus gelernt habe, denn es ist doch etwas anderes, religiöse Dinge in der Küche des Pfarrers bei einem löblichen Messwein zu debattieren als in der Kirche während der Predigt! Jede Woche waren neue Kisten Messwein vonnöten, das übergeordnete Dekanat zeichnete die beachtlichen Rechnungen kommentarlos gegen, das Bistum zahlte. Und ich frage: Trifft die höheren kirchlichen Stellen somit nicht eine Mitschuld an den folgenden Ereignissen?

Zunächst waren wir ihrer vier. Weinhändler Willy, Pfarrer Theo, Bäcker Gensler und ich. Schon in dieser kleinen Herrenrunde sangen wir zu fortgeschrittener Stunde wie die Heidelerchen Lieder wie:

Es saßen drei lust'ge Gesellen
vor einem großmächtigen Fass
und prüften als Kenner des Weines
mit kundiger Zunge das Nass.

Ja! Genau so probierten wir das Nass, nur, dass wir nicht drei, sondern vier lustige Gesellen waren. Und noch stets brummte Bäcker Gensler zum Abschied im tiefsten Bass:

Im kühlen Keller sitz' ich hier
auf einem Fass voll Reben.
Bin guten Muts und lasse mir
vom Allerbesten geben!
Der Küfer holt den Heber vor,
gehorsam meiner Winke,
füllt mir das Glas, ich halt's empor
und trinke, trinke, trinke!

Und mit gespieltem Ärger jammerte er stets, dass am Ende des allerbesten Weines - leider

Gottes! - noch so viel junger Tag übrig sei.

Wohl nach einer solchen Nacht im Rausche geschah es zum ersten Mal, dass Pfarrer Kreuziger seine Heilige Messe zu elf Uhr verschlief. Mit einer halben Stunde Verspätung und mit bettzerwuseltem Haar stieg er die drei Stufen zum Altar hinauf, und mancher im Kirchenschiff meinte, ein Schwanken von schwerer See im Gang des Pfarrers zu erahnen. Theo hatte es gerade noch geschafft, den längst ausgetrunkenen Messwein durch eine Flasche roten Tafelwein zu ersetzen, den er noch im hintersten Regal seiner Speisekammer gefunden hatte. Er habe jeden Moment, prahlte er am Abend, mit neuem Messwein im Glas, mit himmlischer Strafe gerechnet, mit niederfahrenden, göttlichen Zornesblitzen, mindestens jedoch mit einem hörbaren Grollen von ganz oben. „Aber", lachte der Pfarrer, „nichts geschah! Die Schäfchen haben ihre Schlückchen geschlürft und dabei die Augen selig zum Himmel gerichtet, wie immer."

Wir füllten noch einmal die Gläser, *Sanctus!*, *Sanctus!*, und Theo spielte uns, schon in erster Trunkenheit, die verschlafene Messe noch einmal vor, berichtete nun uns, wie der Herr Jesus Christ am Vorabend seiner Kreuzigung, zum letzten Abendmahl, seinen Jüngern den Kelch gereicht hatte: *Nehmet und trinket alle daraus: Das ist der Kelch des neuen und ewigen Bundes, mein Blut, das für euch und alle vergossen wird zur Vergebung der Sünden. Tut dies zu meinem Gedächtnis.*

„Nein!", entfuhr es mir.

Theo sah mich mit verschwommenen Augen an. „Ja, so ist das aber! Wir empfangen mit dem Messwein Christi sein wahres Blut zur Vergebung unserer Sünden! So lasst uns noch ein Gläschen leeren, schließlich sind auch der Sünden viele!"

Auch ich war nicht mehr ganz Herr meiner Sinne und fürchte noch immer, den Herrn über alle Sinne auf Erden sündhaft verspottet zu haben, als ich trunken ausrief: „Nicht genug damit, dass die einen den Heiland ans Kreuz genagelt! Nun saufen die anderen auch noch sein Blut! Himmel! Sind wir denn hier in Transsilvanien?"

„Ach", rief Theo, „ihr dürft das alles nicht so wörtlich nehmen und nicht so verbissen sehen. Nehmt es wie der Apostel Paulus! Der hat es recht erkannt, als er beim Pfingstwunder die Zaungäste in die Schranken wies, die meinten, die lallenden Christen seien doch besoffen und *voll des süßen Weins!* Da hat er argumentiert: *Sie sind nicht betrunken. Der heilige Geist ist in sie gefahren!"*

„Also trinken wir auf den heiligen Geist in uns!", erwiderte Bäcker Gensler, Weinhändler Willy nickte begeistert und schrieb in Gedanken bereits die wöchentliche Messweinrechnung voller himmlischer Summen an das Bistum. Noch war der Abend jung, als im allgemeinen Philosophieren über Apostel und Jesujünger an die Tür des Pfarrhauses geklopft wurde. Es war Luise, die nicht mehr ganz taufrische, aber noch immer mit prallen Brüsten ausgestattete allein stehende Nachbarin des Pfarrers, die dem Kirchenmann einige Stücke der selbst gebackenen Liebesknochen vorbeibringen wollte. Gefüllt mit hausgemachter Vanillecreme, einfach wunderbar! Sie zierte sich nicht lange, setzte sich, knabberte selbst an einem Liebesknochen herum, bekam ihr Glas, sodann ein zweites, ein drittes. Die Gespräche mit der Dame gerieten uns vier Herren angesichts der beachtlichen Liebesknochen immer anzüglicher, und ein Stündchen später ließen uns Pfarrer und Nachbarin in der Küche allein, schließlich wüssten wir selbst, wie die letzte Flasche zu öffnen sei und wo sich die Tür hinaus auf die Gasse befinde. Die zwei entschwanden in das obere Stockwerk, um der Todsünde der Völlerei noch die der Wollust folgen zu lassen.

Tags darauf brachte Nachbarin Luise noch drei Freundinnen mit: Johanna, Therese, Barbara, was erstens den Messweinkonsum in neue, ungeahnte Höhen trieb, und zweitens für eine deutliche Auflockerung des zwischenmenschlichen Verkehrs sorgte, deren genaue Schilderung ich mir hier ersparen möchte. Kurz: Wir lernten uns in kürzester Zeit sehr gut kennen, tranken bis zum Umfallen und liebten uns, wie es sich gerade fügte. Das sei, so erklärte uns Theo immer wieder, keine Sünde, denn er wisse aus zuverlässiger Quelle eines genau: Außer Josef im Schafstall habe niemals jemand wirklich an eine unbefleckte Empfängnis geglaubt.

„Auf diese Erkenntnis sollten wir noch einmal unsere Gläser erheben! Prosit!, und dann, Brüder und Schwestern, frisch ans Werk!"

Weit nach Mitternacht, als alle wieder leidlich bekleidet am Küchentisch saßen, schworen wir uns bei einer Kiste neuen Weines, dass die Existenz dieser besonderen Runde unser Geheimnis bleiben solle. Sechzehn Ohren, sechzehn Augen, und kein einziges mehr! Diese Nacht wurde noch länger als die davor liegenden, und zu acht sangen wir weinselige Lieder:

Ein Heller und ein Batzen,
die waren beide mein, ja mein.
Der Heller ward zu Wasser,
der Batzen zu Wein, ja Wein.
Die Wirtsleut und die Mädel,
die rufen beid': „Oh weh! Oh weh!",
die Wirtsleut, wenn ich komme,
die Mädel, wenn ich geh, ja geh.

Das war 'ne wahre Freude,
als mich der Herrgott schuf.
Einen Kerl wie Samt und Seide,
nur schade, dass er suff!

Da hatten wir ihn wieder beim Wickel, den Herrgott, der offensichtlich dabei zusah, wie Sodom und Gomorra wie Phönix aus der Asche auferstanden, der aber offensichtlich noch zögerte, seine Schwefel- und Feuertöpfe zum Kochen zu bringen, um die Verwerflichkeit aus der Welt zu schaffen.

Neuer Messwein plätscherte in die Gläser, neue Sauflieder wurden gesungen, als Luise angesichts des harmonischen Miteinanders die Idee hatte, einen Kirchenchor zu gründen. Mit Pfarrer Theo an der Spitze! Der zögerte, tat, als ob er nicht recht gehört habe, lächelte dann, zierte sich ein wenig, aber nur zum Schein, das sahen alle und das versuchte er auch gar nicht zu verbergen. „Jaaaaa, warum nicht?" Und so kam neuer Schwung in das Leben der stets durstigen Kehlen.

Nach und nach fanden sich mehr und mehr Bewohner des Ortes, um gemeinsam mit einem kleinen Orchester aus der großen Stadt eben jene Missa brevis in G-Dur vom Wolfgang Amadée einzustudieren, und auch hier machte sich die Wirkung des leckeren Messweins stimmlich durchaus vorteilhaft bemerkbar. Sogar die Kirchenbänke füllten sich zu den Gottesdiensten merklich, insbesondere, da Theo kürzlich für einen beachtlichen Eklat gesorgt hatte. Was wiederum kein Wunder war, ließ er doch jetzt immer öfter schon zum ersten Frühstück das eine oder andere Gläschen gierig in seine karminrote Kehle laufen, ja, seit einiger Zeit hatte er den Morgenkaffee komplett gegen Messwein ausgetauscht.

Wir alle erinnern uns mit Schrecken und dem nachträglichen Entzücken, das allem Entsetzlichen doch innewohnt, wie unser Theo eines Sonntags im Spätherbst ziemlich angeheitert und vom übermäßigen Weingenuss tief schürfend inspiriert eine Predigt hielt, die für großes Aufsehen sorgte und eben auch für späterhin gefülltere Kirchenbänke, allein schon in allgemeiner Erwartung auf eine mögliche Wiederholung eines solchen Skandals.

Mit deutlich lallender Stimme begrüßte er das versammelte Kirchenvolk und ließ der Begrüßung, zweifellos begünstigt durch die körperliche Bewegung beim Treppensteigen zum Altar, einen lang anhaltenden Furz folgen. Aber sofort hatte er sich, schlagfertig, wie er trotz seines Alkoholpegels noch war, wieder unter Kontrolle und baute sein offensichtliches Missgeschick einfach in seine Predigt ein.

„Lasst uns heute üwer die Freude am Leben sprechen! Schließlich leben wir nich mehr su Zeiten der Rejentschaft von diesem Kaiser Caracalla! Da wars verboten su furzen! Wers vor Bildern des Kaisers un an heiljen Orten tat, der wurde kurserhand hinjerichtet. Hick. Da haltn wir, liewe Gemeine, es in unserer Kirche jans ausnahmsweise nur, mit dem abtrünnjen Maadin Ludder, der in einem auf alle Fälle Recht hatte: *Aus einem verzagten Arsch fährt nie ein fröhlich Furz!* Awer, liewe Brüda un Schawestern, gerade auf die Fröhlichkeit im Glauben kommt es doch an! Un warom nich auf die Unterstötzung der frommen Fröhlichkeit durch ein Gläschen Wein? Unser Jesus hat das Wassa in Wein verwandelt! Mit dem letzten Ahmdmahl hat er den Wein sogar zum Sinnbild seines Blutes gemacht! Hoch lewe also der Weinberg, hoch leben wir, die wir alle, hick, nichs anneres sind, als jeringe, demütje, durstige Arweiter im Weinberje des Herrn. Amen."

Damit schwankte er aus der Kirche und wurde erst am Abend wieder gesehen, als sich unsere lasterhafte Achterrunde gewohnheitsmäßig in Theos Haus versammelte. Auch nach der dritten Flasche Messwein besserte sich die Stimmung nur unmerklich, denn alle, auch Pfarrer Theobald Kreuziger selbst, spürten, dass dieses Mal wohl eine Grenze überschritten sein mochte, über die kein Weg mehr zurückführen sollte. Ab jetzt würden die Wege, die wir auf Erden wandern sollten, schwere Wege sein. Wege eines Gösta Berling

aus dem hohen Norden: *Wüstenpfade, Sumpf-*
pfade, Bergpfade. Von dieser Stunde an lag ein
Schatten über uns acht. Ein schwacher Schatten nur, aber eben doch ein Hauch von Fins-
ternis und Kühle des Spätherbstes, der die
Fröhlichkeit und Unbeschwertheit vergangener Tage trübte und der sich wie ein leichter
Novembernebel auf unsere Gemüter legte.
Auch Scherze auf höhere Kosten sorgten nur
bedingt für Erheiterung, als wir etwa die Pro-
gramme für das bevorstehende Kirchenkon-
zert falteten und als Theo erklärte: „Jeder
fünfzig Stück, alle drei Mal falten!" Als ich erwiderte: „Ach so! Daher! Die heilige Dreifal-
tigkeit! Hahaha!" Doch selbst da klang unser
Lachen gepresst und nicht so leicht wie vor
dem vermaledeiten Gottesdienst.

  Wenig später kündigte sich, aufgeschreckt
von merkwürdigen Gerüchten, Kircheninspektor
Emanuel Branzell an. Kaum, dass sein
Schreiben bei Pfarrer Kreuziger eingegangen
war, stand er bereits vor der Tür des Pfarrhauses und begehrte Einsicht in alle Kirchen-
bücher. Wir wissen nicht, wie die Gespräche
zwischen den beiden Kirchenmännern verlaufen sind, ob es Beschwichtigungen gab, ob
Wein aus dem Weinberg des Herrn gereicht
wurde, ja, wir wissen nicht einmal, ob Kir-
chenrevisor Branzell nur wegen alberner
Gerüchte kam oder ob er nicht doch vielleicht

handfeste Beweise oder übereifrige Zeugen-
aussagen zur Hand hatte. Wir wissen nur, dass
es der Tag der großen Mozartmesse war, wir
erinnern uns, dass der Gesandte des Bistums
am Abend mit entspanntem Gesichtsausdruck
in der ersten Reihe saß, dass er sanft lächelte
und offensichtlich erstaunt war über die volle
Kirche, über den herzlichen Zuspruch, den
der Pfarrer bei den vielen hundert Besuchern
fand und dass er auch wohlwollend zu den
schlichten Worten Theobald Kreuzigers nickte. Denn auch wenn es kein Gottesdienst im
eigentlichen Sinne, sondern eher ein Konzert
war, so wollte es sich der Pfarrer doch nicht
nehmen lassen, einige wohl gesetzte Worte an
das Publikum zu richten. Worte, die nahtlos
hinüberführten ins Gloria.

Gloria in excelsis Deo
et in terra pax hominibus
bonae voluntatis!
Ehre sei Gott in der Höhe
und Friede auf Erden den Menschen,
die guten Willens sind!

Ich konnte, neben Bäcker Gensler und
schräg hinter Luise, Johanna, Therese und
Barbara stehend über meine Notenblätter hinweg dem hohen Inspektor ins Gesicht sehen.
Und ich sah nichts außer Freude und Genuss,
und später regelrechtes Entzücken, als in den
kirchlichen Klingelbeuteln nahezu keine Mün-

zen klingelten, dafür aber zahllose Scheine raschelten. Gloria in excelsis Deo!

Hat jemand von uns acht geahnt, dass ausgerechnet dieser Tag des großen Triumphs und des überschwänglichen Glücks der Tag des Untergangs werden sollte? Dass die trinkselige Nacht nach dem Konzert die Nacht der Apokalypse sein würde? Dass sieben Engel bereits mit den sieben Schalen des göttlichen Zorns zur letzten Schlacht unterwegs waren?

Ich erinnere mich nur soweit, dass bereits der zweite Karton Messwein geöffnet war, und dass Weinhändler Willy Klevener seine linke Hand auf dem rechten Oberschenkel von Luise mit den Liebesknochen platziert hatte, wo sich seine Fingerspitzen mit denen der rechten Hand des Pfarrers trafen, die in gleicher Absicht auf dem linken Oberschenkel der losen Dame unterwegs war. Natürlich hätten das alle Beteiligten regeln können, so, oder so, oder auch so, jedenfalls so, wie sie es früher auch schon geregelt hatten. Heute jedoch war Theo nach heil überstandener Kircheninspektion und nach einem grandiosen Konzertabend in Siegesstimmung. Er rief: „Hände weg! Das ist heute meine Luise!"

„Na, wenn du dich da nicht irrst", antwortete Willy.

Und noch ehe Luise ihre beiden Hände beruhigend und einladend auf die beiden Hände der Streithähne legen konnte, hatte Theo eine leere Flasche gegriffen und sie seinem besten Freund und Messweinlieferanten über den Schädel gezogen.

„So, das hast du nun davon!", rief er und lachte.

Aber das Lachen verging nicht nur ihm, sondern uns allen Sekunden später, als Willy mit starrem Blick vom Stuhl kippte, noch einmal erstaunt aufblickte und regungslos liegen blieb. Keiner von uns konnte sich rühren. Niemand bückte sich nach Willy Klevener, der nicht mehr atmete, sich nicht mehr rührte. Wir standen unter Schock. Pfarrer Kreuziger hing bewegungslos auf seinem Küchenstuhl, selbst leichenblass und wie in schizophrenen Brocken murmelnd: „Was habe ich getan? Was habe ich nur getan?"

Bäcker Gensler, der noch am nüchternsten schien, übernahm das Kommando im Raum. Er schlug vor, aus dem Dilemma das zu machen, was es ja schließlich auch war: Einen Unfall! Wir übten siebenfach. Willy war betrunken. Willy ging ins Bad. Willy kam zurück. Willy stolperte, schlug mit dem Kopf gegen das Treppengeländer. Willy war tot. Wir nickten.

Wir riefen einen Arzt und die Polizei. Wir machten unabhängig voneinander unsere Aussagen. Willy war betrunken, ging ins Bad, kam zurück, stolperte und schlug gegen das Treppengeländer.

Die folgenden Tage bis zur Beisetzung des Weinhändlers liegen bereits, obwohl gerade erst vergangen, wie in einem undurchdringlichen Dunkel. Denn niemand von uns Übriggebliebenen ahnte, als wir gemeinsam den Weg zum Friedhof einschlugen, dass der Tod unseres Weinhändlers nur der Auftakt sein sollte zum eigentlichen Armageddon. Ich erinnere mich nur, dass unser Chor noch einmal das *Agnus Dei* sang, eher verhalten, voll Ehrfurcht, wohl auch noch immer voller Schrecken über die Geschehnisse jener tragischen Nacht.

Agnus Dei,
qui tollis peccata mundi,
miserere nobis.
Lamm Gottes,
du nimmst hinweg die Sünden der Welt,
erbarme dich unser.

Weiter reichen meine Erinnerungen nicht. Ab hier klafft ein schwarzes Höllenloch in meiner Seele. Ich erinnere mich nicht. Ich habe heute noch einmal die Zeitung gelesen. Ich glaube nicht, was da steht:

Tod zur Beerdigung

Zu einem außergewöhnlichen Unfall mit Todesfolge kam es am gestrigen Donnerstag vor der Bracsinuskirche unseres Ortes. Während der

Trauerfeier zur Beisetzung des verstorbenen Weinhändlers Willy Klevener löste sich der Klöppel aus der Kirchenglocke und erschlug den weithin beliebten Pfarrer der Gemeinde, Theobald Kreuziger. Jede medizinische Hilfe kam zu spät. Pfarrer Kreuziger selbst hatte in jüngster Zeit immer wieder energisch auf den desolaten Zustand des Kirchengeläuts aufmerksam gemacht, ohne jedoch mit allzu großem Nachdruck höheren Orts die kostspielige Reparatur einzufordern. Auch diese Nachlässigkeit dürfte nun zu dem bedauernswerten Unfall geführt haben. Einen ausführlichen Bericht zu dem Vorfall lesen Sie in der morgigen Ausgabe dieses Tageblatts.

Immer wieder lese ich das, wie ein Märchen aus längst vergangener Kinderzeit. Warum nur hat der Doktor mir ausgerechnet diese Zeitung in mein Zimmer gelegt? Da fährt der Schlüssel ins Schloss. Meine Pillen. Danke, Herr Doktor. „Und heute, meinen Sie, wird der Pfarrer beigesetzt? Heute singen ihm die Engelein ihr *Gloria in excelsis Deo*? Oder sind es die Heerscharen der apokalyptischen Reiter? Wer singt ihm am Ende? Und, Herr Doktor, Sie meinen nicht, dass ich für diese Stunde wenigstens Ihre geschlossene Anstalt verlassen dürfte? Ich, der ich mich doch nur ganz verschwommen glaube zu erinnern? Ich, der ich noch einmal aus voller Brust singen würde: *Gloria in excelsis Deo!*"

TOD IM WEINKELLER

„Und hier, liebe Gäste, stehen wir zum Abschluss unserer Führung durch den Höllentäler Winzerkeller in unserer Raritätengruft. Das ist unser tiefstes und kühlstes Gewölbe, ein bisschen verwinkelt, und *Vorsicht bitte!* mit den Köpfen, die Schenkel der Kreuzgewölbe liegen manchmal doch sehr tief, aber wenn Sie bedenken, was ich vorhin sagte, dass die Keller hier im Prinzip noch original erhalten sind, also so, wie die Mönche sie im fünfzehnten Jahrhundert angelegt haben, dann ist das auch kein Wunder. Die Menschen vor fünfhundert Jahren waren einfach nicht so groß, wie wir es heute sind. Also Vorsicht, bitte stoßen Sie sich nicht. Original erhalten heißt: Die Temperaturen hier unten sind im Winter und im Sommer in etwa gleich, beständig um elf Grad. Die zwei ganz schmalen Luken, die in den Innenhof unseres Traditionsweingutes führen, sind allerdings nicht mehr original, sondern wir haben sie mit Sicherheitsglas verkleidet und oben mit einbruchsicheren Querstreben versehen, denn unsere Raritätengruft heißt schließlich nicht umsonst Raritätengruft. Die Weine, die Sie hier sehen, haben einen Wert von gut vier Millionen Euro, es sind Jahrgangsabfüllungen der jeweils besten Weine bis in das Jahr 1906 zurückreichend. Also richtige Raritäten! Hier zum Beispiel haben wir einen Spätburgunder vom Höllenberg, damals im Barriquefass aus französischer Eiche ausgebaut, aus dem Jahre 1921, das war das letzte der großen Jahre vor einer Reihe von sieben Missernten in weiten Teilen Deutschlands, aber der 21er, das war eine Sensation. In der Chronik unseres Weingutes schreibt mein Urgroßvater, das sei der Wein der Weine, vollmundig und samtig, mit Nuancen von Mandelaromen, im Mittelteil mit einem leicht süßlichen Duft nach schwarzen Johannisbeeren, und durch den Barriqueausbau gerade hinten heraus, im Nachgang, ganz typische Vanille- und Zimtanklänge. Und wenn Sie jetzt fragen, ob man a) den Wein noch trinken kann und ob er b) auch noch heute schmeckt, dann muss ich Ihnen sagen: Das frage ich mich auch! Aber darauf kommt es unterm Strich nicht wirklich an, denn wir lagern hier in unserem Raritätenkeller seit Generationen, ich sagte es bereits, immer hundert Flaschen des besten Weines aus jedem Jahrgang, und das nicht, um den Wein irgendwann zu trinken, sondern um die Flaschen zu versteigern. Für unser kleines Weingut ist das eine sehr wichtige Einnahmequelle! Noch in diesem Jahr werden wir ein paar von den Flaschen des 21er Spätburgunders vom Höllenberg auf der Weinauktion anbieten, Startpreis für eine Flasche sind dann zweitausend Euro, wenn Sie sich etwas Gutes tun wollen, dann bieten Sie gern mit, wenn Sie Ihrem Urenkel allerdings etwas Gutes tun wollen, dann kaufen Sie oben in unserem Foyer ein paar Kisten vom aktuellen Spätburgunder, der ist auch nicht schlecht, und warten Sie einfach hundert Jahre! So. Meine Damen und Herren, ich danke Ihnen für den Besuch, am Ausgang oben können Sie gern noch die Weine Ihrer Wahl verkosten und natürlich auch käuflich erwerben, und dann wünsche ich Ihnen noch einen schönen Tag. Wenn Ihnen unser Rundgang gefallen hat, sagen Sie es bitte weiter, wenn nicht, dann sagen Sie es bitte mir. Danke."

Beifall.

Abwägende Blicke in die Gewölbekammern.

Frage einer älteren Dame an ihren älteren Herrn: „Würdest du so viel Geld für so eine Flasche ausgeben? Und dann ist da doch nur hundert Jahre alter Essig drin?"

Gemurmel. Leiser werdend.

Das schwere Schlagen der Eisentür. Das Geräusch eines schließenden Schlüssels. Das kaum noch wahrnehmbare Klicken eines Lichtschalters. Dunkelheit. Dämmerschein durch die zwei winzigen Luken an den Kellerwänden. Stille.

In der hintersten, abgelegensten Nische leuchtet ein Feuerzeug auf. Ein Mann zündet eine mitgebrachte Haushaltskerze an, stellt sie auf das letzte Regal und schaut sich um. Frohlockt. So einfach war das also, mein Lieber. Das war kein schlechter Tipp!

„Luisa, bist du soweit?", ruft der Winzer oben, im Weingut, aus dem Flur in die Küche.

„Ich komme! Hast du auch alles? Geld? Tickets? Geldkarte? Reiseführer? Fotoapparat? Badesachen?"

„Ich hab alles. Sogar an dich hab ich ausnahmsweise gedacht ..."

„Schön, mein Lieber! Dann mal los. Kommt dir das nicht auch seltsam vor? Seit fünfzehn Jahren das erste Mal Urlaub! Vielleicht sollten wir das Weingut doch verkaufen, dann könnten wir das ganze Leben lang in die Ferien fliegen, statt ständig durch die steilen Rebenreihen zu stiefeln und nur zu arbeiten."

„Lass uns erst mal die drei Wochen testen", lacht der Winzer. „Vater würde sich im Grab rumdrehen, wenn er hören könnte, wie wir über sein ... äh ... unser Weingut reden."

„Jaja, nun aber wirklich los. Sonst fliegt der Flieger noch ohne uns. Wäre doch schade, ich bin jedenfalls schon gespannt, wie der Wein an der Amalfiküste schmeckt. Und vielleicht bricht ja doch noch der Vesuv aus! Und Pompeji wird zum zweiten Mal mit Vulkanasche zugeschüttet, ein Jammer, das zu verpassen!"

Die Stimmen werden leiser.

Ein Motor wird angelassen.

Dann ist nichts mehr zu hören.

Hmm, was haben wir denn da? Spätburgunder trocken, 1953. Warum nicht einen Schluck davon zur Begrüßung. Aber nicht zu viel! Bis zur ersten Kellerführung morgen früh sind es bestimmt vierzehn, fünfzehn Stunden? Ja! Für den späten Abend muss ich mir schon mal eine Stelle suchen, an der ich schlafen kann. Wenn ich mich in die erste Touristengruppe zurückschummele, darf ich nicht aussehen, als wäre ich gerade aus den Federn gekrochen, sonst merken die das noch! Hm! Das ist aber ein leckerer Tropfen! Dass ich hier mal ungestört durchkosten kann, das war wirklich eine gute Idee! Hätte auch glatt von mir sein können. Wunderbar. Davon gleich noch einen Schluck. Und wenn sie mich morgen erwischen? Nein, das kann nicht sein. Und wenn doch, dann sage ich mit vorwurfsvollem Blick, dass sie einfach zu schnell zugeschlossen haben am Abend! Dass ich plötzlich ganz allein hier unten im Dunkeln stand! Dass sie hätten durchzählen müssen! Dass sie froh sein können, wenn ich sie nicht verklage! Gut. Hm. Und da? Dornfelder Spätlese, 1944. Das klingt schon gut! Ups, raus mit dem Korken. Hm ... komisch ... ist das Most? Wie Wein schmeckt es jedenfalls nicht mehr. Herr Winzer! Nun sagen Sie mal! Wo ist denn hier das Säuregerüst? Ja. Schauen wir doch mal zu einem anderen Gerüst aus Holz. Da drüben. Lemberger, auch Spätlese, 1978. Hm! Das ist ein Tröpfchen! Bei dem bleibe ich erst mal. Schön langsam. Schlückchen für Schlückchen. Sauf nicht so viel, würde Mama jetzt sagen. Aber hier wird nicht gesoffen! Hier werden nur Raritäten verkostet. Raritäten! Da! Portugieser, Barriqueausbau, 1931. Mal sehen, ob der noch geht. Oh, oh ... nein ... den können sie jetzt irgendwann als Rotweinessig versteigern. Ich muss mich mehr an die jüngeren Jahrgänge halten. Da, da drüben, da beginnen die achtziger Jahrgänge. Und daneben steht die Bank. Da muss ich dann nur noch umfallen. Jahrgang 1982. Ein Trollinger. Plopp! Hm, das riecht schon lecker! Hm, edel, edel! Das wird mein Schlummertrunk. Dieses Fläschchen, vielleicht noch ein zweites … mal sehen … ob dann nicht die Trolle vom Trollinger hier in den Mönchsgewölben herumtanzen? Ja, genau! Die Trolle vom Trollinger vom Höllenberg! Prost, ihr alten Trolle! Kommt her, im Flackerkerzenschein! Trinkt einen Schluck mit mir, ich lade euch ein, es kostet euch nichts und wieder nichts und mich auch nichts! Heiliger Bimbam. Ist das eine Totenstille hier unten! Und was für einen riesigen Schatten ein Kerl wie ich durch so eine kleine Kerze wirft! Huh! Huh! Ich bin ein Kellergespenst! Huh! Kommt, ihr Trolle, tanzt mit mir! Prost, ihr alle! Hm. Ich hätte mir ein leckeres Brot mitnehmen sollen. Wein macht hungrig. Naja, Flüssignahrung muss auch mal reichen! Vielleicht noch diesen Schwarzriesling, trocken, 1980. Ups! Geht gar nicht so leicht raus, der Korken! Zäher Bursche! Aber warte, dich kriege ich! Ja! Na also. Hm, auch lecker. Aber welcher war jetzt der beste? Ich fange am besten gleich noch mal von vorn an. Aber vorher muss ich mal was rauslassen. Gab es hier unten ein Klo? Ach Quatsch. Gleich hier in den Abwasserschacht, guck mal, mein Kleiner, da unten geht es in die Hölle! Da brennt das Fegefeuer! Feueralarm! Und nun aber ganz schnell gelöscht! Ah, das tut gut. Das schafft Platz für Nachschub. Hoppla, nicht stolpern! Von Trollen lasse ich mir überhaupt kein Bein stellen! Ach, der Trollinger. Mein Favorit. Prost! Meine Schlafbank. Prost! Pro ... scht ... scht ... scht. Aaaa! Mein Rücken! Scheiß, ist die Bank hart! Und was sagt die Uhr? Was? Schon neun? Jetzt aber los. Aufräumen. Korken in die Flaschen zurück. Flaschen in die Nischen legen. Kerzenstumpen wegnehmen! Gott, ich muss schon wieder. Und dann ab in die hinterste Ecke. Warten, warten, warten. Gegen elf müssten ja wohl die ersten Touristen kommen. Das wird dann aber auch Zeit! Jetzt ein knuspriges Brötchen mit Marmelade, das würde helfen, nicht nur gegen den Hunger im Bauch, auch gegen den Schmerzkopf. Meine Güte, war das viel Rotwein diese Nacht. Da wirst du neidisch sein, wenn ich dir das erzähle! Und nun könnte es ja mal langsam losgehen. Touris, wo bleibt ihr? Ist das eine Stille. Unheimlich! Irgendetwas müsste man doch mal hören? Elf. Jetzt tun mir schon wieder die Beine weh vom vielen Stehen. Und der Kopf erst! Heißt es da nicht, dass das mit dem nächsten Schluck Alkohol wieder weggeht? Na gut. Ein Schluck nur. Vom Lemberger. Der war doch auch lecker. Prost! Zwölf. Kann das sein? Stimmt die Uhr? Einen Schluck noch. Und die Blase drückt schon wieder. Aber dafür sind die Kopfschmerzen weg! Ein Uhr. Mittagszeit! Jetzt sollte es aber so weit sein. Wieso tut sich da nichts? Und der Magen knurrt! Himmel! Drei Uhr! Ich will hier raus! Nicht noch eine Nacht hier unten! Und Durst hab ich! Also gut, noch einen Trollinger Spätlese. Glotzt nicht so doof, ihr blöden Trolle! Holt lieber den Schlüssel! Und ich hole euch dafür noch eine Flasche vom Rotwein! Gleich zwanzig Uhr. Tagesschau! So ein Scheiß! Noch eine Nacht auf dieser harten Bank! Und mein Bauch grummelt! Mann, war das eine blöde Idee. Raritätengruft! Ich muss versuchen, aus den Fensterluken herauszukommen. Her mit der Bank. Na also, da kommt man gerade so ran. Aber da gibts keinen Riegel! Und selbst wenn, die Luken sind höchstens fünfzehn Zentimeter hoch, da passe ich nie durch! Nein! Ich muss an die Kellertür klopfen, das nützt nichts, Himmel, das wird Ärger geben. Also doch nicht. Warten. Trinken. Und dann der Hunger! Mitternacht. Gott! Nichts bewegt sich! Hallo! Hilfe! Jetzt muss ich an die Tür hämmern. Los, ihr Trolle, helft mir! Hallo! Hilfe! Nichts. Keiner meldet sich. Keiner da. Vielleicht kann ich die Tür aus den Scharnieren heben? Ach, die sind auf der anderen Seite und die Tür passt haargenau in die Gewölbeöffnung. Lasst mich raus! Ich gestehe! Ich bezahle auch! Aber macht auf! Und der Durst!

Rotwein, Rotwein, Rotwein. Ein Königreich für Wasser und trocken Brot! Oder? Lieber Rotwein als tot sein! Ihr kriegt mich nicht! Da tanzen die Trolle auf den Weinregalen! Und die Weinregale tanzen auch! Immer im Kreis! Sie fahren Karussell! Weinkettenkarussell! Und die Trolle hängen grinsend in den Ketten! Und da oben? An der Kellerluke? Ein Schatten? Gespenster? Trolle? Geister? Bewegt sich da etwas? Hilfe! Hallo! Hilfe! Das sind doch Beine vor dem Fenster! Hackenschuhe! Ja! Hallo! Weg? Weg sind sie! Alarm! Alarm! Lasst mich raus! Ich kann nicht mehr! Ich kann keinen Rotwein mehr sehen! Lieber tot sein als Rotwein!

Mein lieber Peer,
ich erreiche dich einfach nicht! Kein Telefon, immer nur der blöde Anrufbeantworter, der alles tut, nur keine Anrufe beantwortet! Also schreibe ich dir diese Mail.

Wo steckst du nur? Seit fast drei Wochen bist du weg, genauso lange wie mein Mann, und gerade jetzt, wo John nicht mehr da ist, hüllst du dich in Schweigen. Wo wir uns schon drei Wochen lang ohne Versteckspiel und ohne dieses vorsichtige Hin und Her pausenlos hätten lieben können, ach, wo bist du, warum meldest du dich nicht? Wie oft haben wir in großen Runden zusammengesessen, beim Grillen, bei den Spieleabenden, und immer mussten wir auf der Hut sein, um uns nicht zu verraten! Und wie oft haben wir davon geträumt, wie wir John loswerden könnten, ohne auf sein Geld verzichten zu müssen. Peer, Geliebter, alle Pläne, die wir heimlich geschmiedet hatten, im Heuboden, weißt du noch? All die raffinierten Methoden, hinter die selbst Detektiv Columbo *Ach, eine Frage hätte ich da noch!* niemals gekommen wäre! Und nun kannst du das alles vergessen. Glaub mir, es ist geschafft, und alles, was wir uns jemals ausgedacht haben, ist im Vergleich zur Wirklichkeit die reinste Stümperei. Peer, Schatz, ich bitte dich, wenn du diese Mail gelesen hast, lösche sie sofort. Und komm schnell. Ich warte, und du musst nicht befürchten, dass John hier sein könnte. Nie wieder wird er hier sein. Alles ist vollbracht. Und das kam so: Vor ein paar Wochen, ich hatte bei uns im Reisebüro gerade den Computer hochgefahren, ging die Tür auf und ein Mann und eine Frau kamen herein. Ich dachte sofort: Die kenne ich irgendwoher. Aber woher? Du weißt ja, dass hier so viele Kunden jeden Tag einund ausgehen, dass ich mich an die meisten nur noch ganz vage erinnern kann. Aber ich kannte die! Und als sie dann auf den Stühlen vor mir saßen, wurde alles klar: Das war das Winzerehepaar vom Höllentäler Weingut! Du erinnerst dich, ich habe dir davon erzählt, als John im letzten Jahr mit mir dort war und wir eine Kellerführung mitgemacht hatten. Sie haben dort so eine Gruft aus der Mönchszeit, ein paar hundert Jahre alt, da lagern sie absolut seltene Weine zu Wahnsinnspreisen. John und ich haben immer wieder gescherzt: Da müssten wir uns mal einschließen lassen und alle Jahrgänge durchkosten! John fand die Idee auch lustig, und wir haben noch oft mit dem Gedanken gespielt. Und nun saß der Winzer mit seiner Frau vor mir. Jammerte. Seit Jahren hätten sie keinen Urlaub mehr gemacht, nur weil sie das Weingut unmöglich so lange allein lassen könnten, aber jetzt, jetzt sei die Zeit reif für drei Wochen Ferien, man lebe schließlich nicht, um zu arbeiten, sondern man arbeite, um zu leben! Mein geliebter Peer, jetzt fragst du dich, was das ausgerechnet mit unserem Problem zu tun haben soll? Nun: Ich habe denen eine Reise nach Italien verklickert. Amalfiküste, Vesuv, Capri mit der Blauen Grotte, Pompeji. Und beim Eingeben der Daten habe ich gemerkt, dass das genau die drei Wochen sind, in denen John zur Kur fahren wollte. Ohne Handy und ohne Kontakte zur Außenwelt, also mit Informationsfasten. Heute müssten alle wiederkommen, die Winzer aus Italien, John von seiner Kur, aber wo steckst du? John jedenfalls wird nicht kommen. Quasi als Auftakt zu seiner Kur habe ich ihm eingeredet, nach seinem letzten Arbeitstag, also schon auf dem Weg zur Erholung, endlich den Plan mit dem Weinkeller wahr zu machen. Ich selbst habe den Winzer angerufen, gefragt, ob er vor der großen Reise noch eine letzte Führung macht, und er hat in seinen Kalender geschaut und gefunden, dass da noch ein Bus mit Rentnern pünktlich 17 Uhr die letzte Führung hat, und ich könne natürlich mitkommen. Ich hab eine Eintrittskarte für John reserviert. Es war nicht leicht, John dazu zu überreden. Ich habe sogar noch mit ihm gewettet, um ihn zusätzlich zu inspirieren. Und dann, liebster Peer, denk dir, er hat *ja* gesagt! Er hat die Führung mitgemacht, er hat sich einschließen lassen, um am nächsten Tag gleich von da aus mit dem Auto zur Kur zu fahren. Er konnte nicht ahnen, dass das Weingut dann drei Wochen verwaist sein würde. Und er hat es wirklich getan! Am Sonntag war ich dort, ich habe ihn gehört, wie er getobt hat! Sogar durch das dicke Sicherheitsglas an den Kellerluken konnte ich ihn hören. *Hilfe! Alarm! Ich will hier raus!* hat er geschrien. Ich hatte Herzrasen. In dem Moment hat er mir schon wieder ein bisschen Leid getan. Aber was sein musste, musste sein. Ich hab es doch nur für dich, nur für uns getan. Und außerdem: Ist das nicht ein schöner Tod? Im Vollrausch? Drei Wochen hält keiner aus, ohne Essen, ohne Trinken, nur Alkohol. Nein, das kann nicht gehen! Du siehst, Liebster, es gibt keinen Grund, länger zu schweigen. Komm her, geh wenigstens ans Telefon. Und wenn du dann hier bist, bei mir, dann …

Ein Geräusch an der Haustür.

Ein Schlüssel dreht im Schloss.

John lässt im Flur seine Reisetasche fallen.

„Liebes, bist du zu Hause?"

Sie stürzt aus dem Arbeitszimmer. Kreidebleich.

„Was ist mit dir? Ist dir nicht gut? Gott, wie du aussiehst! Komm her, lass dich umarmen. Was hast du nur?"

„Mir ist nicht gut, der Magen, glaube ich ..."

„Du siehst mich an, als wäre ich ein Gespenst! Sehe ich so schrecklich aus, nach drei Wochen Kur? Glaub mir, das war wunderbar. Ich fühle mich wie neugeboren. Drei Wochen Ruhe, jeden Tag Schwimmen und Sauna, kein Radio, kein Fernseher, kein Computer, kein Telefon. Totales Informationsfasten! Nicht mal Zeitungen! Solltest du vielleicht auch mal versuchen!"

„Ja … warte, ich muss nur noch schnell an den Computer ..."

„Siehst du? Die Flut völlig nutzloser Informationsströme macht dich krank!"

Sie löscht mit einem Klick die begonnene Mail.

„Deine Kur war also ein Volltreffer ...“

„Absolut! Abgesehen vom totalen Alkoholverbot im Kurhotel ...“

„Ah ja, aber warst du nicht auf dem Weg zur Kur noch schnell zur Weinkellerführung? Wolltest du dort nicht heimlich übernachten?“

„Ja, Schatz, ich hab es einfach nicht geschafft. Das Büro eben. Ich glaube, das war vielleicht auch eine blöde Idee. Aber sei ohne Sorge, die Eintrittskarte, die du mir geschenkt hast, ist nicht verfallen. Ich habe Peer noch vom Büro aus angerufen und der fand die Idee wunderbar. Also *diese* Idee. Du weißt schon, welche ich meine ...“

Aktuell im Treibgut Verlag

Mario Wurmitzer:
Sechzehn
Roman, Hardcover

ISBN 978-3-971175-25-9
158 Seiten / 12,00 Euro [D]

Bei der absolut gelungenen Geschichte eines Jugendlichen,
der ungewollt Vater wird, steht jedes Wort an der richtigen
Stelle. Das findet sich selten! Mario Wurmitzer aus Wien
schrieb diesen Roman als 17-jähriger. Ein Roman nicht nur
für jugendliche Leser!

*„Mario Wurmitzer - den Namen wird man wahrscheinlich in
Österreich und überhaupt im deutschsprachigen Raum noch
öfter hören."*
österreichisches Frühstücksfernsehen „Cafe Puls"

Erhältlich in jeder Buchhandlung und bei
portofreiem Versand über:
www.treibgut-verlag.de
Mail: treibgut-verlag@t-online.de
Tel./Fax: 030 926 82 36

Aktuell im Treibgut Verlag

Dorota Terakowska:
Im Kokon
Roman, Hardcover

ISBN 978-3-971175-18-1
256 Seiten / 19,95 Euro

Schon als Eva auf der Entbindungsstation den ersten Blick
auf ihre Tochter wirft, ahnt sie: Dieses Baby ist anders.
Die Entscheidung für das Kind und für ein Leben mit der
behinderten Myschka stellt nicht nur ihre Ehe, sondern ihr
gesamtes Leben auf eine harte Probe. Myschka indessen
beobachtet ihre Umwelt peinlich genau. Doch niemand
versteht sie. Sprechen und tanzen wie ein Schmetterling
kann sie nur in der Welt, in die sie immer wieder innerlich
entflieht: In der Welt der immerwährenden Schöpfung,
deren Teil sie mehr und mehr zu werden scheint ...

*„Erstaunlich schonungslos schildert Dorota Terakowska das
Leben mit einem behinderten Kind. Acht Monate stand das
Buch auf den Bestsellerlisten in Polen!"* Märkische Allgemeine

Erhältlich in jeder Buchhandlung und bei
portofreiem Versand über:
www.treibgut-verlag.de
Mail: treibgut-verlag@t-online.de
Tel./Fax: 030 926 82 36

Aktuell im Treibgut Verlag

Elke Kaminsky:
Zwischen Wintern
Gedichte, Hardcover

ISBN: 978-3-941175-27-3
70 Seiten / 12,00 Euro

Möglicherweise
können manche Dinge
nicht mit Worten
eingefangen werden.

Sterne über einer Wüste zum Beispiel,
mitten im Januar.
Wenn sie aufleuchten, steigen, verblassen.
Oder der Mond,
ruht er über den Kakteen,
gesetzt von einem unsichtbaren Choreographen.

Nur der Puls tanzt gegen das Herz.
Sprachlos.

Erhältlich in jeder Buchhandlung und bei
portofreiem Versand über:
www.treibgut-verlag.de
Mail: treibgut-verlag@t-online.de
Tel./Fax: 030 926 82 36